《随笔》文丛

朱正 陈四益 主编

今夜谁家月最明

锺叔河 著　王平 编

花城出版社

中国·广州

图书在版编目（CIP）数据

今夜谁家月最明 / 锺叔河著；王平编. -- 广州：花城出版社，2023.4
（《随笔》文丛 / 朱正，陈四益主编）
ISBN 978-7-5360-9297-6

Ⅰ．①今… Ⅱ．①锺… ②王… Ⅲ．①随笔－作品集－中国－当代 Ⅳ．①I267.1

中国版本图书馆CIP数据核字（2022）第198586号

出 版 人：张　懿
策 划 人：麦　婵　王　凯
责任编辑：王铮锴　王　凯
责任校对：李道学
技术编辑：凌春梅
封面设计：张年乔

书　　　名	今夜谁家月最明 JINYE SHUIJIA YUE ZUI MING
出版发行	花城出版社 （广州市环市东路水荫路11号）
经　　　销	全国新华书店
印　　　刷	深圳市福圣印刷有限公司 （深圳市龙华区龙华街道龙苑大道联华工业区）
开　　　本	880毫米×1230毫米　32开
印　　　张	8.5　4插页
字　　　数	145,000字
版　　　次	2023年4月第1版　2023年4月第1次印刷
定　　　价	78.00元

如发现印装质量问题，请直接与印刷厂联系调换。
购书热线：020 - 37604658　37602954
花城出版社网站：http://www.fcph.com.cn

锺叔河（王平/摄）

自　序

应《随笔》和老友朱正之命，请王平君为我选了这一小册"怀人"的文字。

既曰"怀人"，所"怀"者必为自己的亲人和师友，至少也得是和自己有过或多或少接触的人吧。"若只选这些，篇幅太单薄了。"王平说。于是他把写匡互生、陈渠珍等人的几篇也收了进来，才勉强达到了《随笔》的要求。遗憾的是，《老社长》一文暂未能收入。

本册所收文字，均按写作年月编次（写同一个人的放在一起）。《记得匡互生》等篇，不属于"怀人"，而是"叙事"，则置于全书之末，亦仍以时间先后为序。

二〇二〇年十二月十六日，锺叔河记于长沙城北之念楼，时年九十岁。这很可能就是我最后一本选集了，能和七十三年志友合作，留此纪念，值得一记也。

目录

狱中闻母丧 \ 1

潘汉年在洣江 \ 2

做挽联 \ 15

今夜谁家月最明 \ 23

润泉纪念 \ 29

小集团人的追忆 \ 43

老李和老子 \ 48

记者笔墨 \ 56

李普走好 \ 61

胡君里 \ 67

偶然 \ 70

看黄永玉 \ 74

我与曹家 \ 80

周实的眼睛 \ 83

To philomathes 的人 \ 89

偏怜白面书生气 \ 95

记得青山那一边 \ 99

程巢父为前贤说话 \ 104

感恩知己廿年前 \ 109

钱锺书先生百年祭 \ 116

《山斋凉夜》诗 \ 128

送别张中行先生 \ 135

萧沛苍题画 \ 140

说说黄裳 \ 145

小记黎维新 \ 149

悼亡妻 \ 153

两棵树 \ 161

父亲的泪眼 \ 164

老兄八十八 \ 167

词三首 \ 169

喑彭燕郊 \ 172

一位有疵有癖之人 \ 176

浣官生的文章 \ 179

哭杨坚 \ 182

蔡持中 \ 189

刘志恒 \ 192

老戴的背影 \ 194

抽刀断水水长流 \ 198

欣赏胡竹峰 \ 202

爱书爱到死 \ 205

致朱九思 \ 209

多谢老彭 \ 212

鄢振家 \ 214

不出门斋主 \ 218

李一氓无题有赠 \ 220

王平有味 \ 225

罗孚赠梁漱溟书杜诗 \ 228

沈从文的一幅字 \ 233

记得匡互生 \ 237

几人垂泪忆当时 \ 243

《芜野尘梦》\ 249

梨花与海棠 \ 254

周绍良与聂绀弩诗 \ 258

辛亥人物佚事 \ 261

狱中闻母丧

母骨早已寒　儿泪早已干
倚门无白发　守墓只青山
草恋三春暖　虫𢡃九月寒
对天今发誓　报本抉心肝

母亲去世，家人匿不相告。三个月后始间接得知，痛哭中忆及幼时贪玩厌读，母教严时颇生怨怼，追悔莫及。遂立誓从此发愤读书，以期稍微补报亲恩于万一，虽然这时的我已经四十五岁了。这都是我当时实在的心情，真的十分悲伤，真的恨不得将自己心肝挖给她。

𢡃，cuī，悲伤。抉，jué，挖出。

潘汉年在洣江

潘汉年被囚禁的最后几年里,我有幸(其实应该说是不幸)能见到他,那时我已经是洣江茶场的"老犯人"了。

洣江茶场,即湖南省第三劳动改造管教队,犯人们给家属写信的时候,则只能写寄自"茶陵第二十七号信箱"。我的八年劳改生涯,就是在这个地方度过的。

建场之前,这个地方叫作"米筛坪",意思是一大片不能蓄水的荒坪,天上落下来的雨水像倒进米筛,一眨眼全漏光了。可是,经过一批又一批劳改犯人的手挖肩挑,到我去时却已成了"水旱保收"的丰产茶园。过去有本叫《湖南》的大型画册,"山坡上多种茶"标题下的彩色照片,拍摄的就是这个地方。——当然犯人一个也看不见,在绿油油的茶园中采茶的，都换成穿红着绿的"革命群众"了。

茶场不光是种茶、采茶，还有规模甚大的茶叶加工厂，生产出口换汇的红茶。制茶需要各色各样的机械，因此又有一个机械厂。在机械厂干活的，大部分是犯人，还有刑满留场就业人员，也有一些工人。我因"反右"离开报社后，凭着在学校学过几天"用器画"（这是个日本名词，如今叫"制图"）的本事，就靠绘制机械图纸为生，一直混到自己"攻击伟大的无产阶级文化大革命"被捕判刑十年的时候。到劳改队后，这里正缺绘图人员，便将我派到机械厂来了。

大约在一九七四年底或一九七五年初，管绘图室的干部忽然交下一项任务，要在关押反革命犯的二队和关押女犯的一队的监房旁边各盖两间小平房，叫绘图室赶快画施工图，编造预算。这两间小房子是干什么用的？盖起来以后让谁来住？干部照例不说，犯人和就业人员也照例不问。

负责画土建图纸的就业人员，劳改前在煤矿工作，和我这个犯人的关系还算好。我们有时可以比较随便地谈几句话，用不着害怕对方加油添醋去检举揭发。

"这房子是给什么人住的呢？"

"谁知道，反正不会是给你和我住的就是了。"

"会不会是给管教干部住的呢?"

"不可能,干部从来不会住在靠犯人这么近的地方。"

"给起专门的小房子,还有女的,是谁被送到这个地方来呢?"

我在被捕之前,从大字报上看到,胡风被判刑后关在四川,是夫妻一同监禁的,知道咱们国家有这么一种关人的方式。"文化大革命"打倒了这么多人,许多人被开除出党,被宣布为反革命,关人的地方当然需要很多,但是,究竟是谁会被关到这个井冈山脚下的偏僻地方来呢?当时我当然无法想到押送来的会是潘汉年夫妇。

图纸很快画出来了,预算也造出来了,可是并没有来拿。过了一些时候,干部仿佛顺便似的交代了一声:"这些都不要了。"

为什么不要了呢?干部照例不说,犯人和就业人员也照例不问。我们只知道又有一些做泥木工的犯人,在远离监房的地方,在场部食堂和干部宿舍后边,将原来作浴室和炊事员住房的一排小平房改动起来。为什么需要这样做,我当时并不明白,现在仍然不太明白。——也许因为潘汉年妻子董慧的身份不一样,她至少在形式上不算是犯人,所以必须如此才合乎"政策"吧。

泥木队的犯人,因为劳动性质的关系,跟全场绝大多数日出而作日入而息，整天由武装押着在茶园里集体劳动的犯人不同，是可以在机械厂、加工厂等处分散行动的。大约在一九七五年的夏天（也就是小平房改好后不久），有个泥木队的犯人告诉我，新改好的小平房里住进了一个老头儿和一个老太婆，看样子是犯了错误的大干部。他们有不少的书，有钱买鱼和蛋吃，抽的又是好香烟。有两个去那里修阴沟的犯人，从老头儿手里弄到了一包"牡丹牌"。

"牡丹牌"的新闻很快传遍了泥木队的监房，但随即也就产生了后果："非奉命令，不准接近本队以外的犯人，尤其是特殊犯人。"这证实了我的判断，来者是被当作犯人的特殊人物。但是我仍然没有想到，他就是二十年代的湖畔诗人，抗战前后上海和香港的地下党负责人，五十年代上海市的第一副市长潘汉年。

一九四九年八月"参加"时我只有十八岁，过去只在照片上见过潘汉年。但是我曾经爱好过文学，也稍许关注过文坛状况，潘汉年对我并不是一个陌生的名字。一九五五年，二十四岁的我成了肃反对象。开始时，我抱着幼稚的信徒的心理，宁愿相信这一切都是"革命的需要"，为了"革命的利益"，应该承认加在自己头上的罪名，认为被误解的仅仅我一个，而斗争总是正确的。但是，后来见到在我看来不仅不是坏人而且是品质和学问都很好的人一个个都成了反革命，肃反人员却硬要我"反戈一击"去指控他们。被迫这样做了几天之后，反抗假和恶的本能终于在我心中苏醒，于是对他们说："一个人也许应该为了革命牺牲自己，但无论为何总不应该将别人作为牺牲，即使是为了革命。"

从此以后，对于报上大登特登的关于杨帆、潘汉年是反革命的消息，我也就不敢相信了。对于阿垅和张中晓等人的信件，究竟是文人之间的笔墨，还是反革命密谋，我也就有自己的看法了。而这些，当然又成为一九五七年把我划为右派、一九七一年将我判刑十年的根据。

就在"牡丹牌"的新闻发生后不久，一九七五年八九月间某一天，我们收工整队回监房，经过场部商店门口时，走在旁边的一个犯人轻声对我说："快看！快看！站在商店门口的老头！"我一眼望去，是一个身材矮小，面容清癯，头发白多于青而且非常稀疏，穿着一件旧灰色派力司中山装的老者，手里提一只小竹篮。再一看他的面貌，似乎像一个什么人，可是又全然不能记起。一面看，一面走（犯人在行进中是不许停步的），很快就走过商店了。我忙问那个犯人："他是谁啊？""特殊犯人嘛！""真正特殊！"旁边走着的犯人也议论开了，"准许他到商店买东西哩！""我还看见过他到邮局取报纸。""听说还拿一百块钱一个月的生活费。""莫讲了，莫讲了，队长在注意我们了。"

那时正在"批林批孔"，有个造反派工人当了我们的队长，这是个性子直爽的北方人，凭良心说对我不坏，只是常常"说话走火"，"原则性不强"，粉碎"四人帮"后听说受了些批评，后来自己请求调离了。他常找犯人谈话，进行"形势、政策、前途教育"，"最高指示"是少不得要背诵的：

> 什么样的人不杀呢？胡风、潘汉年这样的人不杀。……不杀他们，不是没有可杀之罪，而是杀了不利。……

他越说越兴奋，忽然想起应该联系实际了，伸出手指头对我点了点。"锺叔河！你当然也不杀啊！"他意味深长地说，"不是没有可杀之罪啊！现在呢？不杀，一个不杀。这就是我们的政策，英明的、正确的、伟大的政策。是不是？你说！"

停了一下，"造反队长"见我没有回答，又继续说道："一个不杀，这是事实。潘汉年也没有杀，你们不是都看见了吗？"

我一直微笑着听着"造反队长"的训话，老实说，我对他颇有好感，我觉得他倒很有一股子想把工作干好的热情，我想把他说的话和他说话的神态尽量记下来，想记住他这个人物。可是，听到这里，我心中一动，不禁"啊"了一声。

"是嘛，你也不能不感动嘛！""造反队长"为他能引起我的反应而高兴了，"该杀的我们都不杀，养起来。潘汉年就养在我们洣江茶场。这是不能让你们知道、议论的事情。你表现还不错，图纸画得很好嘛。告诉你，让你相信党的政策。潘汉年还不杀，你就更不得杀了，是吗？"

我漠然地点了点头，心里却在想：潘汉年，潘汉年，我知道了，难怪商店门前一眼望去似曾相识。你创造社的青年作家，你共产党的地下工作者，竟然也被关到劳改队里面来了吗？

虽然"造反队长"嘱咐我"不要说"，我还是把这个消息告诉了另外几个知道潘汉年名字的犯人。渐渐地，所有的犯人都知道了，住在小平房里的是"不杀"的上海市原第一副市长，当然许多人是通过别的途径知道的。

一九七五年和一九七六年冬季以前，潘汉年的身体还比较健康。他曾经多次到机械厂的木工间来买引火柴。自己到值班室交钱，到木工间捡些木片木块，过了秤，放在篮子里自己提回去。好几回，我在值班室前和木工间里（我去那里帮助做翻砂木模的犯人看图纸）遇见他。他那清癯的脸上总是那样安详、恬静，有时候在我看来还略带矜持。

有一次，木工间没有合适的柴火，只剩下一些大块头。潘汉年将大块头往篮里装时，篮子倾倒了，恰巧我在一旁看到，赶紧走拢去帮助他扶住。他对我说了一声："谢谢！"声音很小，但是清晰、凝重，完全不像在劳改队里听惯的声音。

"潘老！"当两个人同时弯腰时，我轻轻喊了他一声。

潘汉年没有回答，他只将眼睛转朝向我，注视了片刻。脸上的表情仍然安详、恬静，但是也含有几分疑惑，因为我是个陌生人，又是湖南口音。

"我叫锺叔河，一九五七年的右派，攻击'文化大革命'，判了十年。"我急急忙忙地、低声地向他吐出这一串不连贯的字句。不知道为什么，甚至事先连想都没想到，会在有机会碰到他时对他讲这些话。在被关押了五六年，被迫和社会隔绝了五六年，在整天是"请示汇报""交心交罪""坦白检举"的气氛中，恐怕遇到任何一个自己认为可以交谈的人，都会这样迫不及待希望向他讲上几句，甚至是一句半句也好的吧。

他脸上的疑惑消失了，恢复了安详，用同样轻轻的声音说了一句：

"相信人民。"

哦！相信人民。我们当然应该相信人民，但人民现在在哪里呢？

可是不能继续交谈了。木工间里此时虽然没有干部，却颇有几个喜欢汇报的"改造积极分子"。有一个已经停止工作，在注意我是否"违犯监规"了。那是个因强奸女知青而判刑的木匠，幸而他只能注意类似向别人伸手讨烟抽之类的"问题"。

这样又过了好几个月。有一次，我奉命去邮电所取犯人订阅的杂志，单独行动，在邮电所前又碰到了潘汉年。

他显然已经认识了我。他的目光除了安详、恬静之外，又增添了一丝友善。

"您好！"我四顾无人，又忍不住向他说了起来，"您难道会永远在这里关下去？我是想不通的，我要申诉。申诉有没有用我不管，总要把我的道理讲出来。"事实上，我是一直在写申诉，一年一次。

他仍然没有作声，只凝望了我一眼，轻轻摇了摇头，不知是示意我在这种环境下最好少冒风险呢，还是对我讲的情况表示惋惜，然后就提着篮子（篮子里放着报纸）走过去了，只轻轻地说了一句：

"你还年轻。"

我还年轻吗？一九七六年我是四十五岁，也许正是"为人民服务"的大好时光，可是，十年徒刑还有五年啊！

这时我正在绘图室一位青年工人的帮助下（所谓帮助，就是用他的名义将书借来）通读二十四史（场部有一个职工图书室，不仅有新书，也有一些不知从哪里弄来的旧书）。读史增强了我对历史的责任感和信心，我深信，把无罪者当作罪人的悲剧总有一天要结束。但是，自己已经四十多岁了，身体早已被折磨得虚弱不堪，颈椎病、腰劳损、气管炎……我还能不能活到那一天呢？

"你还年轻。"当晚躺在监房的黑暗中，这句轻轻的、平淡无奇的话仍然萦绕在我的耳际和心头。在我听来，它蕴藏着关怀和鼓励。"你还年轻。"这就是说，你还应该有坚持下去的力量，你还可以看到该倒的倒下去，该站的站起来。

不错，我还年轻，我不怕，我得坚持下去。

一九七六年，黑夜终于开始破晓。劳改队高高的围墙，也遮不住连天的曙色。这年十一月间，我又交出了重新写过的一份申诉书，最后一句是：

> 我要求的并不是怜悯，我要求的不过是（而且仅仅是）公正。

绘图室里的紧张气氛也渐渐有所缓和，谈话的内容多起来了。就业人员先是摘了帽子，接着又转成了工人。工人师傅和几位干部，对我的态度也不同了一些。关于潘汉年和董慧的情况，我又陆续地听到了许多。

潘汉年是一九七五年七月从北京送来洣江茶场的，董慧比他早两月到来，他们原来并没有关在一起。听说，老夫妻在见面的时候，都流了泪。

他们夫妇俩带来的东西很多。董慧的身份据说"不是犯人"，带来了电视机。潘汉年则带有很多书，还有一副钓鱼竿，大概他在原来被"优待"的地方是可以钓鱼的。至于是一些什么书，我确实想打听打听，可是看到的人弄不清楚，只说"有好多鲁迅的书"。（顺便说一句，干部和工人们也是被告诫了的，不允许和潘氏夫妇接触。）

他们夫妇俩同住在由浴室改成的小平房里，被允许在茶场范围内"自由活动"。初来的头一年，潘汉年总是每天五点多钟起床打太极拳，接着就打扫屋子周围的卫生。到木模车间买柴火，到邮电所取报纸，都是这一年里的事情。可是，贾谊所谓"居此寿不得长"的湖南卑湿之地，对老人的健康太不适宜了。尽管他恬静、安详，尽管他天天打太极拳，尽管他已经等到了"四人帮"的完蛋，到一九七六年冬天，潘汉年就开始生病，出来行动的时候也越来越少了。

大约是一九七六年底一九七七年初的一个大晴天，我被叫到场部去"搞宣传"，有意从潘汉年夫妇的住房前走过，只见潘汉年穿着棉大衣，戴着三折帽，坐在屋外晒太阳。他的面孔向着一大片菜园，替干部种菜的犯人们正在菜园里劳动。我只看到他的背部。

这是我最后一次见到他。

一九七七年二月，听说潘汉年病重，在场部医院治疗。场部医院的医疗水平，大概等于长沙市的街道卫生院吧。三月间，又听说上头叫把潘汉年送到长沙去抢救。不知道是出于什么考虑，反正人是用汽车送走了。送走的消息我是事后才知道的，接着便听到了他的死讯。据说，他的病是肝癌，送到湖南医学院附属医院去时，用的名字是化名。

老实说，潘汉年的死并没有使我特别悲哀，我的情感早已钝化和麻木了。那么些年，死人已经是司空见惯的事。我曾亲眼看见一个犯人用菜刀将自己颈项拉开一个大口子，还用手从口子里往外拉气管（或者是食管）。我还曾亲眼看到个白发苍苍的老太婆，因为"为刘少奇翻案"被判处死刑，当场枪毙示众。用一根裤带或绳索悬梁自尽的尸首，少说也目睹过三五回。像这样"正常死亡"，而且死前被送到"大医院"去抢救，要算是绝无仅有的了。我只有一种烦躁的感觉，为什么"四人帮"已经倒台，平反冤假错案的工作还做得这么迟缓。

潘汉年死后，董慧也因病住进了场部医院。关于她，听到的新闻也有一些，大都是当作笑话讲的。比如说，买了个鸡不会杀，不会脱毛，不会开膛破肚。她没有小孩，就买了个毛长长的哈巴狗玩具，连住医院也要带着放在床头。茶场为了"照顾"她，轮流派干部家属去帮她料理生活，由她从每月一百元生活费里拿出几十元作为这些家属的报酬，她却连自己的手表被一位家属换走了也不知道。……

我是在原判刑期还差一年的一九七九年三月十六日平反离开第三劳动改造管教队即洣江茶场的，董慧在我离开之前二十来天死于茶场医院。

我一次也没有在近处见到过董慧，没有和她讲过一句话。

做挽联

我生于上个辛未年,已经六十六岁了。在六十岁以前,很少考虑死的事情,有如高中一年级的学生想到高考,总还可以安慰自己说,我还早哩。近几年,讣告里慢慢出现了同辈的人,于是开始对死有了亲近感。死者即使是父兄辈,亦不禁产生一种"吾与尔犹彼也"的悲哀,想以文字表示悼念的心情也比过去多些了。

文章写不出来,有时便凑一副挽联充数,虽然始终做不像样,感情却是真实的,因为所哀挽者不仅仅是亡人,其实也包括了自己。

头一回写挽联是为了魏泽颖君。他是解放前的农学士,我哥哥的老同事,对我也很好。这是个真正的老实人，一直兢兢业业在农业院校服务，不知怎么的却"含冤去世"了。大学里为他补行追悼仪式，其遗孀要我代她做副挽联。他们夫妇是在抗日救亡运动中合唱《流亡三部曲》时相识，进而恋爱结婚的，代拟的挽联是：

> 生死两茫茫，可怜谨慎一生，丹心白发年年事；
> 悲欢何历历，永忆流亡三曲，碧海青天夜夜心。

上联首句是东坡词，下联末句是义山诗，信手拎扯，可见我之腹俭，此为才学所限，没有法子。不过委托人却没说什么，我也算是捎带去了对老魏的一点哀思。

接着是挽杜迈之先生。杜先生是西南联大时期民盟成员，曾在昆明办《民主周刊》，在长沙办《民主报》。一九五七年春，民盟湖南组织曾考虑恢复《民主报》，妻是《民主报》的旧人，有意归队。当时头脑简单，也想跟着她一道去，结果便成了"同人报右派集团"分子，杜先生亦未能幸免。杜的灵堂设在省政协，我送去一副挽联：

> 遗爱在人间，民主周刊民主报；
> 道山归岳麓，屈原祠庙屈原魂。

我以为杜先生一生活动，不离追求民主，这和屈原惓惓于君国一样，麻烦是自找的，但其志可哀，其情可悯。所谓"道山归岳麓"，则是以岳麓山代表整个长沙，那山下本有座屈子祠，旧址即在原湖南大学一舍。

接着是挽"糊涂博士"熊伯鹏。解放前长沙《晚晚报》上，几乎每天有一篇《糊涂博士弹词》，引人注目。记得有篇题为《春去也》，另一篇题为《别了秦淮》，将南京政府土崩瓦解水流花谢的情形，刻画得淋漓尽致。当时我是个中学生，只和编"学生版"的梁中夫有些接触，不知"糊涂博士"为谁。解放后进了报社，因为朱纯的关系，知道了严怪愚、康德、蓝肇祺等老报人，虽然他们这时已经是"民主人士"，不算同行了。这时才听说，写《糊涂博士弹词》的熊伯鹏真的糊涂，居然弃文经商，"五反"运动中成了"八大奸商"之一，被判了徒刑，别了湘江，真的是春去也。一眨眼过去了三十年，我们夫妇"改正"之后，去看也"改正"了的蓝肇祺，在蓝家才见到这位久已知名的"糊涂博士"。据蓝说，博士从前爱喝酒，常豪饮，劳改多年，无酒可喝，如今既老且病，已经不能喝了。博士的死讯我是间接听到的，挽联做了一副，却来不及写了送去：

> 博士不糊涂，刻意伤春复伤别；
> 弹词今绝响，可堪无酒更无人。

两句七言还是集唐诗，因为不能做得更好，便只能这样子了。

今年年初，少年时的朋友尚久骖八十多岁的母亲去世，我倒是闻讯就和另一位友人杨赞赶去吊唁的。尚老伯民国初年毕业于北京美专，乃是陈师曾、姚茫父的弟子，曾留学法国。尚伯母本习医，后来相夫教子，使十一个子女都学业有成，大儿子是航天工程师，四女儿是西南交通大学教授，久骖也是著名的作家。老人家驾返瑶池，可算是福寿全归。但在五六十年代，尚老伯因历史受审查，工资待遇上不去，这么多儿女的衣食学费，真够难为她的。儿女大了，又是孙子外孙子，她简直没有一天安闲过。幸而孙辈资质都好，一个个大学毕业，便是她最大的安慰。开追悼会那天，我因血压骤升，未能前去，挽联是妻和我联名，由妻送去的：

> 为儿孙含辛茹苦六十年，早著令名传戚友；
> 有子女测地航天三万里，应无遗恨在人间。

据说尚老伯看了，还算满意。

春夏之交，唐荫荪兄又因癌症去世。荫荪只比我大两三岁，建国前参加工作时，他是大学生，我是中学生。当时我少不更事，狂妄得很，荫荪兄学识均优于我，却能对我宽容。一九五七年的"同人报右派集团"，他也是一分子，处理时我是"双开"，他则送农场"监督劳动"。一九六一年摘帽后，他从屈原农场（多有意思的名字）来长沙，送了我几条熏青鱼，我则赠以影印本冯承素摹本兰亭序帖。荫荪善书法，通英文，多才多艺，而又与人无忤，很好相处。他善饮，我则素不能饮，近十余年，偶得好酒，必请他和龚绍忍兄来家，帮忙"解决"。去年他不幸得病，病情家属一直瞒着他的。有次我们到医院看望，他已消瘦得十分厉害，还笑着对我说："你事多，不要再来了；你那瓶酒，我还是会同老龚来解决的。"住院数月，他自觉稍好，要求出院。我们同他爱人商量，能不能接他再到我家一次，使他开开心。他爱人认为可以，同他说后，他非常高兴，立马要来。于是我们将唐、龚两对夫妇都接来，做了几样荫荪喜欢吃的小菜。五粮液当然不敢给他喝，便以优质衡阳"壶子酒"代之，由他爱人掌握，让他略饮了点。后来他爱人说，这是他病后最快乐的一天，如今则已不可复见那天他举杯时的音容笑貌了。

荫苾的告别仪式是由出版社主持的，我和朱纯送去的挽联挂在大堂的右壁上：

生太不逢时，五七年间，何必想办同人报？
死只是小别，两三载后，好去相寻往者原。

"同人报"的事朱纯已经写过，"往者原"则是周作人译卢奇安《宙斯被盘问》中一处地名，那是希腊神话中死者的乐土，"在那里没有雪，没有风暴，也没有烦恼人的别的事情，死后的人们可以在那里开怀畅饮"。我想，荫苾兄在生前，一定憧憬过这样一个地方吧。我也很愿意有这样一个地方，在那里，我可以再见到平易近人而又不乏情趣的荫苾，我们再也无须担心，再也无须受怕了。这瓶为他留着的五粮液，也可以带到那里去供他开怀畅饮了。"两三载后"，这时间，也许会更快一些，也许会稍慢一些，但总归是会到来的，不是吗？

【补记一】　公元二〇〇〇年春，已近百岁的尚老伯又无疾而终，久骖因照护看病丈夫无法回长沙。我去吊唁时，想起五十多年前到尚家门前叫久骖出来玩的情形，那时尚老伯还只有四十多岁，而我和久骖如今却已是六七十岁年纪的白发翁媪了。逝者如斯，少时朋友，恐亦无多相见时矣，于是又做了一副挽联送去：

百岁老人星，都道是天上神仙，十方祥瑞；
两行从子泪，全为了少时朋友，一世交情。

【补记二】　二〇〇二年春节打电话向久骍拜年，发现她声音低哑，大异平时，询知医诊为心衰症，我和朱纯都很担心。而天各一方，乌鲁木齐又别无熟人，实在帮不上什么忙，心里则确实惦念着。但心想她比我还小两三岁，平素精神又好，总会康复起来的吧。

谁知元宵前夜她在长沙的弟弟告知，说她已于前日凌晨去世，两个儿子都远在国外，丈夫又因老年痴呆早被送入医院，身边无人，够凄惨的了，思之不禁泪下。

她弟弟叫我写一副挽联电传到她单位去，一时心乱如麻，眼前只有一幅五十多年前剪着齐耳短发笑嘻嘻说要到新疆去看天山的小姑娘的面影，无暇亦无心推敲字句，匆匆写得两行，在电话中念给她弟弟听了以后，在家中供起久骍的照片（一九五〇年赴疆途中在西安照了寄给我的），当场就焚化了。望着火光熄灭时飘逝的一缕青烟，心想，就让它代表我的心魂，往西天去寻呼少年时的朋友吧。挽

十六岁的尚久骖

联是这样写的:

  当时带笑上天山,何堪五十年雾露风霜,梦想地成埋骨地;

  此际含悲怀逝水,怎奈三千里关河障隘,寻呼人是痛心人。

  语言文字真是最无力的东西,表达不出人心里最深切的悲哀。但是,人只有人的力量,我又能有什么法子呢?

今夜谁家月最明[*]

前回讲"大托铺的笑话",笑的是只会做官不会做诗,像我一样并无诗才,却不像我一样还能藏拙,偏要到处题诗挂起的"老同志"们,和五七言四八句之类体裁其实是无关的。

旧诗(这里说的是近体诗)须讲句式、韵脚、平仄、对仗,确实是国粹,是汉字独有的表现形式,有它独特的局限性(因此不容易做好),也有它独特的美(如果做得好的话)。六十多年前开始读书识字的人,古近体诗多少读过一些,也多少学做过几首。我自己虽然做不好,朋友

---

[*] 又题作《卅五年前两首诗》。

中却有做得好的,"延水洪波千壑动,庐山飞瀑九天惊""万里关山君与我,一年聚散喜还悲"等皆是也。尤其是友人为我而作,我又以为做得好的,就更难忘记了。

一九六一年中秋夜,张公(名志浩,号千弩,朋友们戏称他为"张弓",久而久之便讹为"张公"了)带了一斤月饼来我家。其时他住南区侯家塘,我住北区教育西街,相距七八里。两人都刚摘掉右派帽子,仍无正式工作,靠替大中学校誊刻讲义为生,刻一张钢版蜡纸可得六至八毛,每月能把计划供应的粮油肉菜买回家就不错,月饼也就成了难得的奢侈品。

月饼很快被孩子们分吃完,张公喝了一杯茶,又闲谈一会儿,便起身告辞。我照老习惯送他回家,两人一道出门南行。此刻时间还不到晚九点,从又一村到南门口,传统商业区百分之七八十的铺子却都关上了门,因为正是办"一大二公"的城市人民公社"割资本主义尾巴"的时候。路灯也显得无精打采,天上的月色却不受"人间正道"的影响,依旧是将到中天分外明。本来就暗淡的灯光为月色所掩,行道树下面更加显得黑魆魆的。路上的行人因为过节的关系,比平常晚上更加稀少,伴随我们的只有树梢摇落的秋声……

张公一路上都不作声。我偶尔说句把话,他也只以哼哈回答，于是我们便在沉默中走着。出了南门口，劳动路路面更宽，行人更少，法国梧桐枝叶发出的飒飒声也更响了。寂寥中我的心渐渐紧缩起来，张公却忽然出低声吟诵道：

   今夜谁家月最明　城南城北满秋声
   长街灯尽归何处　萧瑟人间两步兵

"你刚做的?"
"是的，送给你的。"
"好。"我说，"不过只有你一步兵，没有两步兵。我是既不能酒，也不能诗呀！"
他不再答话，却又低声吟出了四句：

   艰难生计费营谋　日刻金钢懒计酬
   未必此生长碌碌　作诗相慰解君愁

"也好，只是太乐观了。"我凄然地说道。
张公一笑，听得出，笑声也是凄凉的。
这时已经走到侯家塘十字路口，为了不惊动住在路旁菜地里矮屋中的张公的妻儿，我们便在路口分手了。

一个人踏着月色归家，夜深了，更冷清，可是我心中却泛起了一股温暖。

"小集团人"一九七九年春日重聚（左起：张志浩、锺叔河、朱正）

从那晚起，已经过去了三十五年。在这三十五年中，张公这两首诗一直保存在我心间，无论在月黑风高的长夜中，还是在阳光灿烂的日子里，它们都是这样的温暖，这样的鲜明。

【附】张志浩诗集序

五一年得识志浩,因其喜读杂书,彼此有话可说,见了面自不免多谈几句,五五年便把我们(还有朱正和俞润泉)整成"反革命小集团",随后改为"反动小集团",随后又改为"落后小集团",最后才说并没有什么小集团,二三十岁的人却都七老八十了。但这样"整"也"整"出了副产品,就是我们之间不寻常的交情。十年前我作了篇小文,发表在《笔会》和《散文》上,并且收入了《偶然集》,题目叫作"今夜谁家月最明",说的便是本集中的《中秋对月同叔河作》两首。此两首诗和一篇文,即可见我们之间的交情。现在诗集付印,志浩叫我做序,我想即以这篇旧作代之。虽说"庾信文章老更成",我的文章却是越老越不成,而朋友交情则总还是越老越值得珍重的吧。文章头一段从"大圫铺的笑话"讲起,与志浩无关,即予略去,以下照录——

[按:原引文见《今夜谁家月最明》,从第三段起直至结尾。为免重复,现予删去。]

——文章是抄完了，但还须说明一点，志浩这两首诗，集中自注作于一九六二年，我文章中写的却是一九六一年。错的是谁呢，可能是我吧，但白纸黑字，一版再版，无法再改，只好像易子明同志给我作"落后小集团分子"结论时宣布的那样，再一次"知错不改"了。

丁亥岁首序于长沙城北之念楼。

润泉纪念

一种风流吾最爱,南朝人物晚唐诗。

——大沼枕山

润泉走了半年多了。一位可与谈艺论文的老友的逝世,像一本翻熟了的旧书突然被从手中夺去投入焚炉,转眼化作青烟,再也无法摩挲重读了。时间过去得越久,书中那些美好的、能吸引人的篇页,在记忆中便越是鲜明。

这便是润泉的才情。

我忻慕润泉的才情,是五十年一贯的,即使在我们生气吵架的时候(亲兄弟不也有生气吵架的时候吗),亦是如此。这种忻慕,可以用一个日本人写的两句汉诗来形容:"一种风流吾最爱,南朝人物晚唐诗。"真是说得恰好,质之润泉,想必也会点头微笑的吧。

润泉的才情,在他印成的《湖南饮食丛谈》等书中,看不大出,倒是在他写给我和别个朋友的书信中多有流露。为了纪念他,现在便来摘抄一点,也好作上面两句汉诗的注脚。一九九九年九月十九日信云:

> 购得新房一所,已经迁入。记得九二年由十二中迁河西,作《祝英台近》有句云:"谷深沉,迁乔木,欣看庭前树。长年只是低飞,浅水平平处。"蒙兄称好,评为性情中人。其实性早没了,情亦随去矣。……
>
> 新干班文集,以刘音致兄书最为压卷。以前我略有所知,睡在狱中乒乓球桌上你也说过,居然见到实物,倘写儿女英雄传,可入新编矣。

此时润泉因切去声带失语近二十年,"长年只是低飞",但他的心境还是高旷的。信的文字简洁,仍不忘调侃,此即"南朝人物"之风格。

二○○○年三月二十九日信云:

> 近日春笋不贵,十分好吃。李渔列笋为蔬食之

冠，但要及时。现在是阴历二月末，是吃春笋的最佳季节。择其一公斤以下一匹者，尚未分节，鲜嫩无比。到了三月就开始分节，五月始硬，六月就变卦了。我现在已为无齿之徒，只能取其尖炒肉啖之。朱正的母亲很会制春笋，与雪菜同炒，这已经是四十多前的事了。笋子旧称"刮油"，与今之减肥正合。但所含草酸钙，易为泌尿系统结石之患。我于一九九六年体检发现肾结石，尚无症状。现仍拼死吃河豚，图一快耳。

叙述名物，娓娓道来，不避琐屑，而委婉有致，这实在是一则绝妙的短文。同年十一月二十日信云：

> 胡坚学长来我家，要我为他的咏物诗集写读后，说你给他写了一首诗，写得真好。但他不能背诵，请你抄给我作参考。胡与我同班，当时班上写诗的只有熊兆飞，我偶尔也写一点情诗，全班五十人再无第三者，不料到了晚年，健在者无人不成诗翁了。……
>
> 一中二十三日开校友会，我决定出席，因行动困难，估计很难前来看你，比邻如隔天涯也。

淡淡的幽默，不细心便体会不出来，也是很高明的手法。润泉大学毕业于广西，高中读省立一中，一中校舍就在我隔壁。他住教育学院，相距二十公里，只能同院中校友集体乘车来去，故所言如此。

二〇〇一年一月二十四日（辛巳春节）寄来《庚辰除夕九歌（录八）》，其五云：

避席文章本不多　老妻常怨太蹉跎
江山何必庸人说　梦里生涯梦里波

注云："朱、钟两兄为余好友，著作累累。老妻常曰：你只抵得朱、钟一小脚趾吧，给他们提夜壶也不配的。按：新式便壶不须提携，只好下岗待业。"

这仿佛是在自嘲，其实乃是自负。从诗中可以看出，润泉从来没有看轻他自己，真正的老朋友也从来没有看轻过他。生而不能尽其才者，时也，命也，蹉跎云乎哉！二月十七日信云：

小诗蒙赞许，感谢。……我自己也认为，在才能上我与两兄并没有很大差距，但我性格上的缺点是太脆弱，这是从小养成的。……我这一生，教了三年书，中学一年，大学二年，胡言乱语，误人子弟。如贺铸词"踏青挑菜"，释为小菜贩子，现才知是用竹片和小锄去撬野菜。我们湖南人只知道用手拔，支离破碎。北方则用"挑子"，甚是也。

自承"脆弱"，这确实是润泉的弱点，但这也应由打击他的势力负主要责任。他于学问文章还是认真的，观其对"挑菜"一词的辩证可知。七月二十日信云：

> 我精读你的文章，佩服之至。但也有个别地方可以商榷，如《黄鸭叫》一文……"黄鸭叫"你的考证完全正确，即"黄颡鱼"，长江流域中下游皆产。我看到一篇文章，说鄂西神农架盛产此鱼，也是白煮，路边小摊极廉；下游贵一些，蒸熟煮稀饭或下面条均可。但你讲的"白鸭叫"，却决非你所定的"黄鲴鱼"，只能是与黄颡鱼同科的"骨鱼"。骨鱼不产于湖南，要用飞机运来，摆个样子，开价六十元一斤。现剪呈两图，请评审。……兄虽受挫折，仍重视科学，终为当代学人。我则萎弱不堪，只能捐献遗尸，以期对科学稍作贡献，已蒙批准矣。

这里表现出对考证名物的兴趣，也就是对世界对生活的兴趣。此信写得颇长，惜不能多引。信末谈到捐赠遗体，身后果然这样做了。二十八日信云：

> 谢谢你的回信，看来不去橘子洲头一次不行，只有眼见方知也。我寄你的两图，是图不好。你看黄颡鱼就不像"黄鸭叫"，因此骨鱼也不会像"白鸭叫"了。我估计是骨鱼，否则卖不到五十元一斤。……
>
> 捐遗尸是我久蓄之志，因为人死后已失去痛觉。倘有痛觉，火烧也总比五马分尸更痛些吧。……周总理决心焚骨扬灰遍撒中华大地，现在平民也可仿效，但包一架专机扬骨灰据说要人民币一十七万五千元，我付得起吗？

像平时谈话一样，坦然地谈到捐遗体的事，说自己不怕"五马分尸"，顺便捎带一点冷嘲，也是《世说新语》里才看得到的笔墨。八月五日信云：

> 正如你所言，我的烹饪作业，耳食也。如与你相比，你在教育街炸的肉丸子，我就远不能及。你在洣江的泡菜坛子，也比我好十倍。但我残废以后，确实

写了三百多篇谈吃的文章。……

现在也有一折八扣书,《曾国藩》三卷合《伟哥手册》每本一元五角,毛泽东的书一至五卷每卷一元。我用一元买了一本《全国小吃三百例》,长沙臭干子等不足道,但有一样十分有趣,名叫《怀石馒头》。是选些比鹌鹑蛋稍大的石头,洗净涂油做包子馅。包子蒸熟后,热气腾腾地掰开让石头脱出,中心空洞填入热的冰糖红烧肉,啖之真是妙不可言。

此间美食家,除使君外,唯我而已,但尚不如汪曾祺,他的油条塞肉确是一大发明。距我居五十米校门口有油条摊,我请保姆清晨买二三根来(很粗大,也不知放了尿素没有),事先准备一点肉泥,趁油条尚热,用大竹筷扩大其孔,将肉泥塞入。到九点多钟,油条摊快收摊时,我亲临摊前,请其回锅,每根再付钱三角,任由慢火炸成深棕色,外酥里嫩……

烹鲜调羹是润泉晚年唯一的乐事,他发表的《饮食丛谈》虽然不免迎合,未能充分表现他的才情,但整个内容仍有不少价值,一部分也有实际体验作依据。说他全凭"耳食",是我又一次对他不客气。这次润泉却没有介怀,来信仍然大谈食经,而且越谈越妙,为恐篇幅过长,兹不多述。

八月间朱纯种的昙花开放,她写了篇小文发表在十五日的《三湘都市报》上。润泉见后,写了诗寄来,我们却没有收到。九月初又接到了下面这封信:

> 前呈贺贵宅昙花盛开四首,想入尊览,请裁夺以便缮正抄呈,留一纪念。八月廿三日接到我高中同学黄美之寄来她的散文集《欢喜》,其中亦有写她家(台湾)昙花开放一文,兹剪下寄呈。佛说"众生有相",台湾之昙花与展览馆路或亦不尽同也。黄美之曾在台湾以间谍罪入狱十年,著《伤痕》一书,是台湾的"伤派"。由于她又是基督教徒,主张爱敌人,故其言温婉,与大陆"伤派"不同。……

润泉近年给我的信,就抄到这里。二〇〇二年我和朱纯到美国去了,二〇〇三年五月回来,志浩兄告诉我,润泉元月六日还给他写过信,但几天后便发了病,当时似不太严重,住院八天就回家过春节。又过了一个多月,在三月五日又收到他的一封信,看得出情况已经变坏。此信似乎并未写完,署名、日期都没有,在最后只说要赶快寄安眠药去,接着病就大发,送进医院再也没有出来了。元月六日给志浩的信云:

> 承贺新年，已大雪封山，不能回拜也。空调暖气微微，而且十分耗电，因以烘篮煨炭丸子一枚补充之，兼以薄酒老姜御寒，尚能苟活。
>
> 叔河兄嫂去美国，行前一月即告诉我了。朱正兄嫂之公子在京，接两老去住，我是听别人说的。五十年代中湖南报社的"小四人帮"，唯兄与我尚在长沙。
>
> 去年六月，江西龙虎山张天师六十三代传人张光前先生云游长沙，为我算命，算定我将于二〇〇四年九月二十四日白日升天，张孝雍则能活到二〇二〇年六月十六日，到期再乘鸾与我会合，所以她待我十分宽厚。我已向湘雅医科大学捐献遗体，死后六小时通知收尸，火葬费八百元发给遗属，并发证书，我以为极好。如张天师算命准确，〇三年一月到〇四年九月我们书信相通，九月以后就梦里相逢算了吧！

张天师云云当然是鬼话，润泉以玩笑口吻说出来，还阳阳如平时。接着便谈捐献遗体，尤其是最后梦里相逢几句，感情充沛，却全是悲凉，现在看来，竟成谶语。

志浩三月五日收到的最后一封信，前半的字迹风格尚如常，在报告春节前入院出院经过后，还谈到五十年前在报社同读唐诗各有所好的故事，又一次表白了晚唐诗人李义山是他的最爱。这里需要谈谈润泉的旧诗，他学李义山，延续下来又学郁达夫，都能神似。六十年代初我们"小四人帮"在长沙以缮写、挑土维生，志浩弄到一部郁达夫诗词抄本，润泉通晚不眠，复写四份，装订成册，一人一册，并于卷首题诗一首：

> 赏心乐事人人有　数我抄书事最奇
> 隔宿有粮先换纸　每朝无梦不亲诗
> 只缘偏爱元温句　却是伤心屈宋辞
> 写罢富春才一卷　晓风凉雾入窗时

"元温句"指晚唐诗，没提义山是为了合平仄，不然的话，"温李"本是现成，何必以元代李呢。

在最后给志浩的这封信中，还拉杂写道：

> 在报社的小天地里，诗那时不成气候。我们这"小四人帮"，你喜杜，叔河喜李贺，朱正学李白太高，杜牧对他来说又低了些。我算什么呢？我喜欢李义山，他是现代朦胧诗的鼻祖，特别是他的卑弱、屈辱，与我相似……叔河挽尚久骖的诗，也寄了一份给

我，拟和之尚未成。所作挽联则一般化，毕竟只是精神恋爱，没有上过床……我不知如何给朱正写信，你如有便告诉他一下，俞某死在旦夕，只有脑子还有一点微弱的波动。周艾从身体到底怎样？比我好一点？差一点？自己能吃饭吗？尚能饮否？

信写到这里似乎停顿了些时，下面又重新开头，字迹也大小不匀，潦草起来了，但风格依然是润泉的：

志浩兄：从现在情况看，我达不到张天师传人预告之期了……我写了篇《长开眼》，从元稹的诗说起，说到古代的"凌迟"。刽子手从后面以利刃从受刑人眉上划两刀，撕下眼睑遮住双目，使之见不到刽子手。刽子手然后坐下来，吃花生米下酒，慢慢地一刀一刀将一片一片肌肉割下，割三天，再剜出心脏……

现在提倡救死扶伤，救死可以不必，发几粒舒乐安定片，一片可睡一小时，总是人道主义吧。我要求你买几片寄来（估计每片人民币一角钱），报社医务室有，要十片八片，直寄张孝雍转我，使我能睡几小时，不是自杀（一千片一次服下可以致死）……

左起：俞润泉、锺叔河、柳思、朱纯

至此戛然而止，既未署名，也没写日期。但看得出他最后的神志仍然是清楚的，而且风度依然，虽不想多受苦，却能坦然不惧，以幽默的态度对待死亡，真算得上是嵇阮一流了。志浩附笔告云："我当即寄去安定十片，亦不知收到否。两次信中，他都谈到你和朱正，亦可见五十年祸福相依之不能忘怀也，特送上一阅，这一纸可能便是俞兄最后的遗墨了。"

于是我们夫妇便和志浩（还有黎维新君）赶往医院去看润泉。此时他已极度虚弱，仰卧在床，赖以传言的右手已全瘫，左手亦只能微动，但目光急切地望着我们，好像有话要说。我便将他扶着坐起，把一支圆珠笔塞在他左手中，复以一臂支着他的左手，一手托住个白纸本子，想要他写出来。润泉也努力想写，手却全不听使唤，抖了许久，才"写"出两张任何人都无法辨认的"字"来。两张都是直行"书写"的，每张纸上从左至右写两行，第一行四字，第二行三字。四加三等于七，每张纸上都是七个字。因此我想，他想写给我看的，并不是普通的遗言，而是两句七言诗。他耗尽了最后的心力，我却终于看不懂，悲哉悲哉，临死仍不得一吐胸臆，留两句绝命诗于天地之间，天何以厄润泉至于斯极耶？

润泉富于才，深于情，这从上面摘抄的信中可以看得出来。他生而具诗人的禀赋，有诗人的气质，当世却不能尽其才，使其情志压抑不舒，终不能不郁郁以卒，这对润泉真是太不公平了。

我摘抄了这十一封信，以为润泉的纪念，一面摘抄，一面忍不住心中难过。但抄到末了，又忽然觉得，先死者也许还是幸运的，因为还有后死者在纪念他。如果死在最后，曾经祸福相依又可与谈艺论文的老朋友都先走了，又还有谁来检点旧信遗诗，来追忆昔时的人物、昔时的诗酒和昔时的风流呢？

小集团人的追忆

李南央编《俞润泉书信集》，二〇〇九年一月出版，卷首《小集团人的序》三篇有我所作按语云：

> 小集团人有四，俞润泉戏称为"五十年代湖南报社的小四人帮"。如果以齿为序，此四人即是张志浩、俞润泉、朱正和锺叔河。今俞已没，三者犹存，值此集印行，遂各写小序，既念逝者，且诏来兹。

序文今只录我和我代志浩所作的两篇，分别标题"【其一】""【其二】"，"【其二】"的诗词均志浩自作，特此说明。

【其一】

八年前读《六十年恩怨情仇》,我的第一反应是,文字很好……二〇〇三年到旧金山见到李南央,说起她爸爸的米寿纪念集,我就建议她自己来编。她听了笑而不答,但随后寄来的《父母昨日书》便署"李南央编印"。后来,更出版了《云天孤雁》。如今她又在周实君的帮助下,编成了这本对我们"小集团人"特别有纪念意义的《俞润泉书信集》,出书效率之高,使我不禁叹服。

我和俞、张、朱都是新干班同学,因我在公布录取之前即被召入报社参加工作,并未到班受训,故同润泉交往要晚于张、朱二位。但我和他本是世交,俞老伯和先父清末同执教湖南法政学堂,民国初年又同任职省政务厅(俞老伯在外交司,先父在财政司,当时的省政务厅即省政府,各司相当于各厅),一九四九年后又同属省里"养起来"的"统战对象"。父辈本来是朋友,彼此又气味相投,于是他们三人先后来报社后,我和俞一拍即合,也成了很好的朋友。

上世纪五十年代初新"参加"的知识分子,每周五个晚上要读《干部必读》,从猴子变人到联共党史,读得头昏脑涨;月末还要小结,年终则要鉴定,紧张得要命。我当初本想全身心投入，真愿意听党的话，在毛泽东旗帜下前进，俞和张、朱应该也差不多。问题出就出在我们好读书的本性难移，总还想多看点别的书，亦无非克鲁泡特金、吕思勉、郁达夫、周作人等人的，祸端即由此而起。

"小集团人"挨整的程度开头都差不多，但润泉的心特敏感，神经纤维特脆弱，这在读书作文上是优点，在抵抗整肃、耐受打击上便成了弱点。四人之中，他受的精神创伤最重，这一点在他的书信中也看得出来，对此我当然只能给予同情的理解。就是他在觉得委屈时对别人诉说过我的不是，那也呒啥，因为只要看看他在"告状"的同时写给我的那么多热情洋溢的信，便可以释然了。

问题在于，为何像润泉这样一个"生性懦弱，胆小怕事，不善于自我保护，直至糊涂"（润泉夫人语）的人，这样一个"每朝无梦不亲诗"，只求"酒馀能喝一杯茶"（均润泉诗句）的人，在精神上和心理上竟然被整到了这样的程度？天乎人乎，而今已乎！

我痛惜润泉的死，痛惜他未能以写这些信的时间和文笔从事著述。但他有这么多朋友爱惜他的笔墨，有南央、周实这样的热心人为辑印成书，九泉之下也可瞑目了。

二〇〇八年十一月九日。

【其二】

润泉去世已经五年，哭早哭过，悼文也写过了，如今他的书信集得在海外出版，很是为他高兴。但想起他写了一世，生前却只印过一小册简陋已极的《堇葵集》，才可算他的创作，又不禁悲从中来。当时我为《堇葵集》写了这首《齐天乐》：

卅年前事翻成梦，匆匆而今都老。往日忧煎，平生郁积，还剩牢愁多少。相期一笑，纵美酒盈樽，怎除烦恼。拄杖茫然，满庭落叶倩谁扫。

狂飙又兼暴雨，竟频摧秀木，晨昏颠倒。洣水沉波，涟江浊浪，总是伤心怀抱。遮颜破帽，喜长啸归来，故园初晓。削金镂玉，入堇葵吟草。

如今，比《堇葵集》像样得多的书信集横空出世，想再为它写点什么，润泉却不及见了。

一九九四年六月润泉七十岁生日，我和叔河过河西看他，正值湘江涨大水，马路上水深过尺，汽车熄了火，是

卷起裤管涉水过去的。我做了两首诗送他,叔河对其中一首改了几处,云:

> 佛说心如明镜台　心明也怕滚尘埃
> 无情世界多情种　有尽生涯未尽才
> 面壁十年惟困酒　问天一语便成灾
> 劫馀惊看来时路　雪蕊霜花次第开

这与其说是祝寿诗,毋宁说是感遇诗;好在同为"小集团人",理解总是不成问题的。

终于还是得对这部书信集再写几行,借用朱正的话,就给"小集团后死的三家看看也好罢":

> 涟江洣水牢囚日　屈辱穷愁此一时
> 唾面自干犹自快　平生高蹈几人知
> 一雁双鱼寄好音　封封都见故人心
> 欣看锓版椠铅日　金石长存自足珍

二〇〇八年十月,序于长沙橘隐园。

老李和老子[*]

《日知录》卷之十九《书不当两序》云:"人之患,在好为人序。……今之君子,不学而好多言也……好为人序者可以止矣。"话说得够重的了。

我非"君子",本来就没有"为人序"的资格;"不学"确系事实;"好多言"更是屡吃大亏,不能不改。所以,我是从来不敢为人作序的。那么,为什么又来在李全华教授(以下仍按习惯称老李)关于《老子》的学术专著前说三道四呢?

---

[*] 李全华《老子哲学考察》(二〇〇一年一月暨南大学出版社)的序文。

第一，因为这是两个老朋友之间的事，"文革"中一同劳改的交情，使我无法拒绝。

劳改队不是交朋友的地方，可是当嘴巴不能随便讲话时，脑子却会更不安分，总想找点表现的机会和共鸣。这里我想先讲件不是老李而是老Z在劳改队的小事。

有次读报，读的是一篇关于"欧洲社会主义明灯"的大文章，"霍查""霍查"把听的人听得头晕脑涨，读的人也读得舌燥喉干，只好停下来喝口水。这时老Z忽然端着杯子站起来大声说道："我是很不喜欢霍查（喝茶）的。"全组犯人为之愕然，老Z却不慌不忙接上一句："我只喝白开水。"

老李没有老Z的幽默和大胆，却同样不甘心永远沉默。《红楼梦》中小红的话，"千里搭长棚，没有不散的筵席"，即曾使我和他相视而笑。而当"林副统帅"的名字终于"不要再提了"时，我念出一句"机关算尽太聪明，反误了卿卿性命"，他随即接上一句"忽喇喇似大厦倾，昏惨惨似灯将尽"，彼此就更莫逆于心了。

在那段难熬的日子里，我们靠着求生、求知、求索的力量支持着。凡是允许我们读而又能够到手来读的书，我们无不认真专心地读，读了就充分交谈，谈得最多的是《红楼梦》，当然也谈过《老子》。

现在,老李的《老子哲学考察》终于要出版了,这是难忘的苦难的纪念,也是难忘的友谊的纪念。我于老子哲学之知远不及老李,但往事历历如在目前,提起来正所谓悲欣交集,又怎能不作文一为表露,于是也顾不得丢人现眼了。

第二,老李是学理工的,却邃于文史,红学研究早卓然有成,对老子哲学也有他独特的见解。在这方面是充分发挥了他之所长,亦即是文科出身的人不免缺少的科学精神和科学方法。为了强调这一点的价值,也是我敢冒大不韪来写这篇序文的一个原因。

我一贯认为,对古书古人作研究,如果老是说前人说过的话,则前人的著作摆在那里,何必不惮烦去抄摘挦撦?欲求名利乎,捷径正多,也犯不着走这条费力不讨好的路。老李的书却能自出机杼,不袭陈言,是因为他有这样做的本钱。他遍读诸家解老之书,尤其注重出土古本;又于高等数学、物理学、工程技术科学具有基础,故能以不同于传统学者的观点看老子哲学。十多年前我请他校点古典小说时,有同事刘君怀疑学理工的人如何能校点古典小说,我以戏谑答云:"我和你连中学都没读完,也能在出版社审稿出书,岂止校点古典小说;人家起码读完了中学又读了大学,如何不能校点古典小说?"其实学理工的人转习文史而有成就者甚多，成仿吾学兵工，张资平学地质，都成了文学工作者。老李研究《红楼梦》，考察老子哲学，学过自然科学和技术科学恰恰是他的优势。

中国文史哲研究的大病，正在科学方法、科学精神的缺乏，所以陈陈相因，虚浮空泛。不是各说各话，而是照话说话，甚至奉教条为真理，按功令作文章。越是"理论性"的东西，越没有生机和生气。用我开玩笑的话来说，就是无物（"言之有物"的"物"）而有"物"（"学者不言鬼神，然言有物"的"物"），这个"物"就是大大小小的偶像。偶像本身也许死掉了，可是它们的鬼魂还隐藏在某些"新作"的字里行间，散发着僵尸的臭气。

老李谈老子哲学，说的却全是自己的话，是他深入研究《老子》和先秦诸子的心得。我也不止一次读过"道可道，非常道"，他却给我指出，这一句应该从马王堆汉墓帛书，作"道，可道也，非恒道也"。《说文》云："常，恒也。"他据出土古佚书《经法·道法篇》"天地有恒常"和《史记·田敬仲完世家》"太史敫女奇法章状貌，以为非恒人，怜而常窃衣食之，而与私通焉"，谓"恒""常"二字有时意义不同。他从而指出：这句话的第一个"道"字，是老子所创哲学专有名词；第二个"道"字是动词，即"解说"；第三个"道"字是普通所说的道，即"恒道"。这一句是老子对《老子》全书内容所下的第一条界说，意为：这里所说的"道"另有定义，它虽可用言辞解说，却不是普通所说的道。

接着他又从"道"的定义讲起，逐步分析了"道"的二元素"无，有"（"恒无，恒有"；"无物，一"），分析了"道"的原理和"道"的自然基础，就是"二进制及用二进制数对事物进行编码表示"。

布莱希特早已提出过二进制起源于《周易》，却并没有谈到《老子》。老李的这个观点，在劳改队即曾向我解释过，当时我就觉得这是对老子哲学的新的认识，也是作者长期坚持独立研究的成果。如果他没有不迷信前人的科学精神，没有掌握由系统训练养成的科学方法，就不可能得出这样的成果。人们可能不认同他的观点，却不能不承认他达到的水平。

第三，我还想趁此说说我自己对老子思想的一点粗浅的看法。

以老子为代表的道家思想，历来对中国的政治，对中国读书人的精神生活，都有重大的影响。周作人打过一个比方，把中国的固有思想比作一座香案，儒家的香炉摆在中间，两边的烛台则是法家和道家，一个左，一个右。我十三岁读《儒林外史》，喜欢的人是王冕、杜少卿，不是王玉辉、虞育德，对那位用重板子打得人魂飞魄散的王太守则更为厌恶。故曾自嘲说，我的宁右毋左是从十三岁开始的。初接触诸子群经，对《老子》也比对《论语》更感兴趣，前者虽然难懂，却没有那么多使我觉得难受的规矩和教训。

稍长读史，见老子韩非合传，心窃疑之。后来稍稍接触黄老学说，清净无为之治使我向往，又总觉得可望不可及。法家论法、术、势，则一直使我栗栗危惧，觉得马基雅维利的"兽道"虽然吓人，比起韩非那逻辑严明言辞犀利振振有词为君为国的理论，还比较坦率，也就是不那么使人害怕。想到老子一派人，为了全其生保其身，真是发挥了最大的智慧，可是他们辛辛苦苦创造出来的方法论，却被积极为政治服务的法家拿去，作了君王统驭臣民剪除异己的权术的补充，真是冤哉枉也。

有了"惨礉少恩"的法令政策，加上"阴柔"和"动善时""弱胜强"之类高明策略，再把"微妙难识"（今天可以这样说，明天可以那样说）的理论拿过来，伟大的统治者无论怎样虐使群黎，无论怎样阴谋阳谋，无论怎样背信寡恩，无论怎样统制思想，就都可以心安理得，既找得到理论根据，又找得到实践方法了。

推至其极，到了举国都"以吏为师"，焚书坑儒便是必然的结果。老子的书固逃不脱竹帛烟消的命运,韩非、李斯等出谋划策的人又何尝能够幸免,"忽喇喇似大厦倾"也就终于成了必然的结果。

对百家嬗变、思想定于一的过程的认识,老李未必与我全同,但他也是带着对传统文化进行反思的痛感来写这本书的,这一点我完全相信。

在本书的最后,作者还把春秋战国文化和古希腊文化作了一番比较。他以为,先秦的文学艺术远不如希腊,圆锥曲线的研究、逻辑学、物性学亦不如之。而老子所创非十进制数学,墨子的光学、力学、时空理论,孙子的军事学说,纵横家的外交辞令,尤其是法家治国驭民的一套,古希腊则无可相比。他说,希腊地方小,步行几天即可出国,地中海极便航行,到小亚细亚、巴勒斯坦和非洲,数十日即可来回,故希腊人见多识广,并不自大,善于引进。而中国幅员在先秦即很辽阔,江河两千年后还不能穷其源,周边大洋沙漠雪山之外,似乎并没有值得追求的世界,家大业大,于是"老子天下第一"。读书人习惯安居玄想,拙于实验发明,故创造不出古希腊那样丰富多彩而又更接近现实生活的文艺。政治理想则一直追求大一统,希腊城邦小国寡民的"至治之国",只能存在于像老子这样不世出的哲人的理想之中,民主思想也就无从发生。

他说，中国人本来也有机会，把春秋战国文化发展起来，进一步走向世界，与西方文化交流竞争，共同进步，然而却失去了机会。

作者所说失去了的机会，一次在秦皇兼并六国之后，一次在汉武继文景即位时。我以为，这大半还是出于历史的必然。不过，秦皇汉武个人的品质，还有李斯、周青臣、公孙弘、董仲舒这些学以致官、学为官用的高级知识分子所起的作用，也是值得后人深长思之的。

一九九七年十月序于长沙展览馆路宿舍八楼。

记者笔墨

在有些文学家心目中,记者笔墨的地位并不高,鲁迅即曾贬他看不起的文章"拙劣如报章纪事"。然而李普却把他的《记刘帅》自称为记者笔墨,我看这是自谦,亦即是自负。记者笔墨一要言之有物,二要真实,三要明白简单,这其实也就是一切文章的最高标准。有些时新小说和"学术著作",空疏肤泛,虚假做作,晦涩冗长,不及记者笔墨远矣。

这本《记刘帅》为出版社顾承甫君所赠。开始也只把它当作一本人物传记来读,是它那不加矫饰纯然本色的文字吸引了我。但接着读下去,就不只是文章和记事,而是刘伯承这位职业军人在政治中的经历使我发生兴趣了。

称刘伯承为职业军人,我以为没有什么问题;当然作为共产党和国家领导人,他的主要身份更是一位职业革命家。但是刘伯承当职业军人的历史比当职业革命家要长,比起当党和国家领导人的时间就更长,而且即使在当职业革命家和国家领导人的时候,他也一直没有离开过军界。

刘伯承于民国元年在蜀军将弁学堂速成班毕业,到川军第五师当排长,从此开始以军人为职业。四川是民国以来养兵最多、内战频繁的省份,他在频繁的战争中积累了丰富的军事经验(为此付出了一只眼睛和半条大腿的代价),打过不少胜仗,到一九二三年离开川军时,已是蜀中名将。

记述这位蜀中名将怎样被吸收参加共产党,是本书饶有兴味的一节。杨公(刘伯承的入党介绍人)一九二四年一月二日的日记云:"伯承确是不可多得的人才,于军人中尤其罕见。"六天后又记云:"与伯承论时局……使此人得志,何忧乎四川。"他当时即劝刘伯承入党,刘却表示拒绝,说:

> 见旗帜就拜倒,觉得太不对了。……因我对于各派都没有十分的研究,正拟尽力深研,将来始能定其方道。

看来刘伯承在入党这件事情上，远不如许多写回忆文章的"老八路""三八式"积极。这些人都是一见共产党，立刻如飞蛾扑火，全身心投入。正因为如此，刘的政治选择，才更为真实可信。在这方面，杨公等共产党人锲而不舍地争取，实在起了关键性的作用。杨在日记中云：

> 此后拟设法使其从本方向走，若能达目的，又多一臂助。

此"目的"终于在吴玉章的配合努力下很快地达到了。

一九二四年秋，吴玉章邀刘伯承出川，到北京找了赵世炎，到上海找了陈独秀，终于使刘伯承下决心脱离川军当共产党。杨公日记中写道：

> 此公已被玉章收入矣，可喜。

共产党人为了"收入"刘伯承这位军事人才的迫切之情，真是跃然纸上。

予生也晚，原来并不知道《记刘帅》书中所说的许多事情，但也听说过刘伯承打完仗后上书请求不再带兵而去办院校，惊服其急流勇退不俟杯酒自释兵权之智不可及。直到这次得读李普的书，才了解得更多。

共产党的原则是党指挥枪。军事服从政治，其实是自古皆然。刘伯承从小有"仗剑拯民于水火"的大志，想成为一名良将。他读了不少史书和兵书，深知良将必须择明君而事之，才能专阃行志，在疆场上成就自己的事业。但明君也就是严君，事之之道，首先当然必须能干，即能充分发挥自己的军事才能，真正成为其"臂助"；尤要者则是必须忠诚，即安于职业军人的本分，政治上决不能有野心。刘伯承在这两方面都做得很好。

在川军中，他屡立战功，可是对才能远不如己的上级但懋辛辈，却谦恭有余，自称"庸材多病，早甘雌伏"。当他看出但懋辛、熊克武已不足与有为，新生力量中国共产党将决定中国的命运，便毅然决然脱离川军，选定了参加革命的"方（向）道（路）"。

入党以后，在顺泸起义、南昌起义、反"围剿"、长征、抗日战争和解放战争中，他或指挥方面，或总参戎幕，都立下了卓越的功勋。身为军事主官时，他说"政委的话就是命令"；当总参谋长时，他就"站在首长的荫影里面"组织作战。

我特别推荐本书中有关章节对李立三、朱德、毛泽东等人的描写。读者从中可以看出，刘伯承作为党的军事干部，既要完成军事任务，又要服从政治领导，如何地煞费苦心。如抗战后期日寇搞铁壁合围，晋冀鲁豫根据地面临"再退就只有退到太行山上去吃石头"的险境，刘伯承提出"敌进我进"的方针，才打破被动局面。朱德、彭德怀一再肯定他这个新方针的巨大战略意义，刘伯承自己却坚持低姿态，一再自贬说只是一时一地随机的战术动作，处处避免和毛泽东提出的"敌进我退"十六字诀相对立。

我本来只期望从《记刘帅》一书中看看一代名将大勇弥天指挥若定，却意外地看到了他大智若愚善始善终的本领，后者比前者似乎更要精彩，这全得感谢李普的"记者笔墨"。

高旅评《记刘帅》一文中，摘引了李普信中的几句话："浅见散见书中，点到即止，能出版就好了。"李普记者生涯的高峰是二野时期，他恐怕也是从刘伯承那里，并通过刘伯承从古代兵家学到了一点阴柔韬晦的本领吧。点到即止，给读者留下思索的空间，这样的记者笔墨，不是常人能学到的了。

李普走好

李普的噩耗,他去世那天便由上海的程巢父先生告诉我了。当即打电话到北京李家,却没人接听。第二天联系上亢美,才知道她们那时还在医院里,于是匆匆将我作的一副挽联念给她听了,也不知道她记没记下,追悼会上挂没挂出来。联云:

> 记者文章真有格;
> 书生意气本无伦。

做记者是李普的职业,从二十出头做到离休,整整干了五六十年。按理说,当"喉舌"当定了的他,应该习惯于"用一个声音讲话"了。可是他偏不,他"有格",能够坚持自己独立的人格,捍卫自己思想的自由,写出自己想写的文章来。

能做到"文章真有格",就因为李普能一直保持他自己的"书生意气",这在同侪中是无与伦比的。书生即古之"士","士心曰志"。俗说"百无一用是书生",但书生只要有志,能坚持独立的意志,坚守内心的自由,培养浩然的正气,他就是坚不可摧的。另一方面,书生意气也会在待人接物上表现出来。李普待人之热心真诚,接物之感情充沛,三十年来,给我留下了深刻的印象。

和李普第一次见面是什么时候,在什么地方,已经记不得了。他写给我的第一封信,末云"八月十八晨三时,半夜醒来,不复成寐,乃写此信",年份应该在一九八一年。信中建议我将"走向世界"的人和事写成一书,交给新华出版社出版。知道我有些畏难,极力鼓动道:"我作为一个读者,确实很希望更多地知道些东西。你写这些文章,看了不少书,查了不少资料,不多写点出来介绍给读者,不是也很可惜吗?再花一点功夫,也未必太费事吧?"

李普年长我一十三岁。我四九年开始学当新闻记者,未学成就被开缺了。他的"记龄"早我十年,这时已是新华总社的副社长,除了是湖南同乡外,与我并无半点"关系"，仅仅看了几本《走向世界丛书》，就在凌晨三点爬起来给我写信，这种管闲事的热情，在"三八式"老干部的身上，并不多见。

一九八三年我的书在中华书局出版了，到北京开会时，拿了本新书到李普家去送给他，并对书稿没给新华出版社表示歉意。这些几句话就说完了，李普、沈容夫妇却热情地拖住我扯谈，并留吃中饭。沈容说："我专门为你做宁夏来的发菜，这可是我的拿手，难得吃到的哟！"那时亢美还是个小姑娘，正好在家。老太太显得比小姑娘还活跃，她进厨房忙乎一气，又来客厅听我和李普乱谈一气。我们从湘乡烘糕、永丰辣酱（李普是湘乡永丰人）谈到曾国藩，谈到平江不肖生，最后谈到了平江人李锐。李普说："我这位同乡（曾国藩）和你这位同乡（李锐），都是值得认认真真写一写的啊！"

从北京回长沙后不久，我就发病了，在马王堆疗养院住了八个月。李普作为人大常委来湖南时，特地到疗养院看我，教给我用手指梳头之法，说是有通经活络之效。我于气功向来不怎么相信，他觉察到了我的不热心，于是再三叮嘱："要以曾国藩为戒啊，太拼命，是会短命的呢！"他那位同乡只活了六十一岁，确实是短命。但也只有像打开南京那样才叫拼命，写点小文章，讲点风凉话，是无须拼命，也确实不曾拼命的。

又过了几年，大约在一九八六、八七年间，李普和沈容再来长沙，又枉顾寒舍一回，这回就更有意思了。当时我住在一条名叫惜字公庄的小巷子里，汽车开不进，家里又没装电话。适逢下雨，敲门进屋时，他俩的头发和衣服都打湿了。正好是星期天，妻和孩子们都不在家。坐下以后，沈容要喝水，我一拿热水瓶是空的，忙到厨房去烧水，却不会开煤气，只好请他俩自己动手。为此三个人都笑了，沈容是又发现了一个不会做家务的书呆子的开心的笑，李普是理解和宽容的笑，我则是无可奈何的苦笑。

九三年离休后，一度计划用一两年时间，到北京去寻读一点书，这得先找个不必花钱的住处，自己开伙。李普得知后，一连给我写了好几封信。七月十七日信云："你一人来也好，贤伉俪一起来也好，均所欢迎。每天跑图书馆，天天打的支出太大，上下公共汽车也要有人照顾才好。住毫无问题，想住多久住多久。"十月十一日信云："吃饭不用你操心，沈容特别要我说清这一点。她说，如果你一个人来，三人吃饭跟现在我和她两人吃饭一样做，并不多费事；如贤伉俪同来，则沈容与尊夫人一同做饭。总而言之一句话，热烈欢迎。何时来，住多久，悉听尊便。吃饭毫无问题，绝不要你操心。"

此时李普家已迁居新华总社院内,有公交车直达北海图书馆,十分方便。他家住八楼一大套,此外另有一个单间,但不能另行开伙。他们越是说"吃饭毫无问题",我倒是越不敢去住了,因为长住那里却每天三顿都去外面吃,会显得矫情,不这样吧,又怎能让两位年过七旬的"副部级"天天给我做饭呢?踌躇久之,仍然下不了去叨扰的决心。延至九四年初又一次发病,愈后身体大不如前,还想做点事情的心也冷了,北京也就不去了。

这里写的尽是一些琐屑,不涉及党、国大事,也不涉及学问文章。但从这些琐屑中正可以看出李普这个人的性情和色彩,也是这么多年来我一直"即之也温",愿意跟他做朋友的原因。

二〇〇四年底沈容去世,李普所受的打击是巨大的。在为沈容的离去而难过时,我也为李普承受住了打击没有趴下而欣慰。在读过作为讣文寄下的《红色记忆》和贴条上的附言以后,我十分敬仰单纯而热情的沈容,也十分忻慕李普能有这样一位终身伴侣。

二〇〇七年初,我也和李普一样,成了老鳏夫。收到哀启后李普寄来一页纸,题为"哭吧,哭吧——致叔河",下面写到沈容去世时,他"想哭竟哭不出来,……现在,朱纯走了,我不说望你节哀之类的话,而要说,你哭吧,哭吧！你想怎样就怎样，能怎样就怎样吧！这一辈子只有这一回了！"读到这里，我禁不住又流起泪来。

中国古时最重伦常，本来人性也最能从父子、夫妇、兄弟、朋友的伦常关系中表现出来。"朋友"在五伦中居末，我却以为最是根本。比如说夫妇吧，李普、沈容可算是理想的一对，就因为他们既是夫妇，同时又是最好的朋友，我和朱纯也差不多。父子如大仲马、小仲马，兄弟如苏轼、苏辙，亦莫不如此。君臣一伦，在共和国中好像是废掉了，其实依然存在着，毛泽东称张闻天为"明君"即是证据。那么有没有理想的君臣呢？如果有的话，我想也应该首先是朋友吧。孟子曰，"君之视臣如手足，则臣视君如腹心"。能以手足腹心相待，则去朋友不远矣。如果像刘邦、朱元璋那样"视臣如草芥"，一批批地整死，不仅毫无朋友之情，也绝不讲朋友之义，那就只会得到"则臣视君如寇仇"的结果了。这番话我跟李普说过，他也深以为然。

我觉得，李普在对沈容、对朋友上表现的至情至性，正是他待人接物和整个人生态度之一侧面，是他"书生意气本无伦"之一证明。承蒙他不弃，视我为朋友，在送他远行、和他永别时，我愿特别指出这一点，撰此小文，祝他走好。

胡君里

和胡君里相识于七十年代的洣江茶场，时称湖南省第三劳动改造管教队，犯人有数千名。胡与我都是这数千分之一，因所属分队不同，接触并不很多。在不多的接触中，他却给我留下了不一般的印象。

第一个印象是他的年轻。年轻犯人其时并不罕见，曾与我同组邻床的一名反革命犯只有十三岁，乃是耒阳偏远山乡之人，因听不明白广播里的普通话歌词"东方红，太阳升"，跟唱唱成了"冬瓜藤，菜花心"，于是判刑十年，投入劳改。胡的年纪比这个耒阳伢子大得多，但他告诉我，他也是一九五七年的右派，因翻案而"犯罪"的。一九五七年我二十七岁，在湖南日报社五十几名右派中算最年轻的。胡却比我还小九岁,也就是说,他十八岁就成了我的同科,这就不能不使我惊诧他的年轻。

第二个印象是他的才艺。劳改队当然不是给人表现才艺的地方,但胡确是一位多才多艺的人,即使在劳改队这样的"血糊袋子"里,"其末"也还能"立见"。记得在"评法批儒"时,忽然叫犯人们评《水浒》。胡和我当时曾趁此机会将陈老莲的《水浒叶子》复制成册。我用描图纸从《水浒全传》上描下四十个人物图像,又在油印蜡纸上摹出;胡再将蜡纸放在钢版上用铁笔刻成,然后油印、装订。这套油印的《水浒叶子》,我保存了下来,八四年拿给李一氓看,李听说是犯人在劳改队里的作品,也感叹不已,说:"陈章侯数百年后有这样的知己,可谓难得。"因为胡的工艺才能,我到出版社工作后,曾想请他来搞装帧设计,他却因为不愿离开在株洲的妻子而谢绝了。

由此生发出我对胡君的第三个印象,便是他对妻子的钟情。大家都知道,出版社的工作条件,比小学校和市文联要好得多,我劝他来时,同他讲过这一点。他的答复却是:"当右派,当劳改犯,能熬过来,是我的妻子支持了我。过去我欠她和孩子的太多,我想我不该为了自己的发展,牺牲和家人团聚的时间。"这话使我失望,同时也使我感动。知识分子中,过去对"温情主义"批得太多,家庭骨肉之间把政治看得太重（现在则是把金钱看得太重），刻薄寡恩被视为当然固有，如胡君者并不多见。这一点，从他的回忆录《苦乐年华》的文字中，也感觉得到。

《苦乐年华》不属于那种以文采自炫、以痛苦骄人的作品，它的姿态是低的，这一点我很欣赏。老实说，经历过四十年风雨的我们这一辈，苦都吃过不少，苦中作乐、先苦后乐的体验多少都有过一些，回味自然容易引起共鸣。要紧的是当以痛定思痛、推己及人的态度出之，勿作态，勿矫情，勿渲染，勿以为人间痛苦都集中在自己一个人身上，别的人不是鬼子便是汉奸。那样有些话说起来虽然痛快，结果反而把自己和同类的距离拉远了。《苦乐年华》中还写了劳改管教干部中秦建新那样的好人，这不仅没有冲淡历史的气氛，而更能够使人看出可怕的并不是几个执行者，意义更加深刻。

偶　然

一九四九年八月考新干班,在我全出于偶然。读书时唯愿进大学学植物学或考古,没有想过弄文字,更没有想到会以文字为职业,在新闻出版界干一辈子。

使我偶然这样做的唯二(不是唯一)原因,是我偶然结识了两个人,梁中夫和尚久骖。

我志不在学文,而喜看课外书,不只是看小说之类的文学书,而更喜欢看《亚洲腹地旅行记》和《克鲁泡特金自传》这样的书。除了书的内容外,亦为它们的文字所吸引,觉得实在比许多小说的文笔还要好。我自己作文的成绩马马虎虎,低班中却有个广东同学谷士钧,常用"金驼"的笔名在"学生版"上发表诗和散文。就是他,有次把我带到报馆，介绍我认识了编"学生版"的梁中夫，后来才知道他是地下党"新闻支部"的书记。

梁中夫第一次和我见面时，穿一条灰色西装裤，系一副尼龙（当时叫"玻璃"）背带。背带通常是高个子系的，梁的个子比我和谷士钧两个中学生还矮，又瘦，却系了副背带。也许就是这点异常的感觉，使我将第一次见面的印象保存到了今天。

我从小喜交友，但以有共同兴趣共同语言者为限，谷士钧即是其一。人一天天长大，交友范围逐渐扩大到了外校，其中有周南女子中学的尚久骖。尚又介绍我认得刘国音（刘音），称之为"周南的萧红"。尚和刘的文学知识比我多，刘国音和谷士钧一样，已经在长沙和上海的报刊上发表过不少文章。由于他们的影响，我也开始用笔名"杨蕾"在壁报和油印刊物上写东西，有篇《河之歌》，从壁报上取下来，谷士钧拿去给梁中夫看，几天后便在报上登出来了，接着又登出了《牢狱篇》。

《河之歌》和《牢狱篇》的发表给了我意外的喜悦，这种幼稚的然而却是强烈的激情，居然使得我愿意亲近起文字来。其实班上在"学生版"发表文章多的同学还有位曹修恕，他以"如心"为笔名，写过不少评论社会政治的杂感。有次梁中夫对我说："其实你也可以试着写点如心那样的文章。"那次他急着要上理发厅去,未及多谈。他说:"生活上我一切都不讲究,只有理发是例外,小剃头铺子实在太脏。"

那时我们特喜欢写信,一九四九年上半年,我和尚久骖的通信频率,已经差不多每天一封。我也和别的男女同学通信,刘音来信署名"里澄",有几封偶然保存下来,五十年后她自己也见到了。这时候,除了上课、看书、游行、喊口号,许多时间全用在看信和写信上,写时还带着十八岁少年的感伤。梁中夫叫我写稿,我却写得很少,有次学如心的样写了篇短文《滚向太阳去》,自己觉得写得还不如《河之歌》,但老梁仍然将它登出来了。

我忙于写信时,同班的地下党员宾新城(初中时的好友,是我帮他代考,把他弄到本校来的)批评我自由主义太严重,太浪漫。梁中夫也对我说:"你的小布尔乔亚情调太浓,这不太好。"他的态度,倒比只大我两岁的宾温和得多。

解放后,父亲是民主人士,兄姊都成了干部,我本可继续读书。但一则受了批评不服气,二则尚久骖来对我说,新华社和报社办了个新闻干部训练班,她已由团组织介绍报了名。于是,谷士钧叫我同去找梁中夫,我立马就起身。

报名、考试，无须细说。"发榜"之前，报上先登出一则"代邮"，叫我（锺雄）和另外几个考生即去招生处一谈。尚久骖、谷士钧和我猜测是怎么回事，谷说："可能是我和尚久骖已经录取，你却要补考，快去吧！"我匆匆赶到，负责人对我说："报社急于要人，你就去报到，不必来受训了。"他写了个纸条，折成方胜状，上写"经武路二六一号李朱社长"，要我立刻去。我问尚久骖和谷士钧录取没有，他查了一下，说"尚久骖取了，谷士钧嘛，也取了"。我放了心，随即往报社报到，领了一套制服和一枚证明身份的证章，第二天便跟柏原、柳思、刘见初四人一道下了乡。

后来才知道，尚久骖录取后，家里不让她来。谷士钧榜上无名，老梁安排他到新华分社学译电，他没有去。少年时的好友，就此分散了。

偶然的遇合，就这样决定了人的一生。五十年前的往事，回想起来，真如一梦。

看黄永玉

> 我第一次在故乡开画展,您有空请来看看。

黄永玉的请柬,就这一句话,本色、朴诚,又特具对乡人和友人的温情。

请柬是电视台一位同志代为送来的。他说:"黄先生刚到,说有几个朋友是一定要请的。我知道您的地址,就托我送来了。"

画展的事,在头几晚的电视屏幕上就知道了。我很想见到他和他的画,却并没打算开幕时就去。既然是画展,来人一定多。虽然画家本色朴诚的性格我早知道,不喜欢和大人先生们套近乎的脾气也早知道(北京的画展,说要剪彩，他就请了位老花匠来剪），他总是画展活动的中心，作为主人待客的应酬亦不可少，何必急于去凑热闹。

去夏他来长沙，约我到蓉园见面，相谈甚欢，以手书五尺长幅为赠，写的是在湖南做过抚台的乾隆进士左辅的一首词：

> 浔阳江上恰三更，霜月共潮生。断岸高低向我，渔火一星星。何处离声刮起，拨琵琶千载剩空庭。是江湖倦客，飘零商妇，于此荡精灵。
>
> 且自移船相近，绕回栏，百折觅愁魂。我是无家张俭，万里走江城。一例苍茫吊古，向荻花枫叶又伤心。只冰弦响断，鱼龙寂寞不曾醒。

我想，在画名如日中天，求画求字者不绝于前的时候，画家的内心恐怕有时还是会和"无家张俭"一样的寂寞吧。此种寂寞不是声名热闹所能排解的，这些东西恐怕只会使寂寞的心情更加寂寞。所以，几个月后，当他被请到岳麓书院登坛讲学时，我仍没有去凑热闹。虽然我承认在魏默深、郭筠仙等人做过学问的地方，于文艺界中请他比请海派文人来讲更为适合；我也承认作为朋友，对于"万里走江城"还乡的他，不去观场应该说是一种失礼。

正想找一个和他安静晤谈的机会,这机会说来就来了。画展开幕的头天下午,颜家文君忽到,谓黄先生邀往相见,遂欣然前往。

"《山鬼》会展出吗?"略谈几句以后,我便问他。

"画是十三日运到的,我上午去看了,偏偏这一幅没有运来,真气人。"

《山鬼》是他的新作,写《九歌》词意,我是从今年六月《寻根》杂志的封二折页上看到照片的。我不懂画,只凭直觉而喜欢它,以为用前人评李贺歌诗的两个字评论它正好,那便是"古艳"。

他的画法极新,却善写古意,多带装饰风格,色彩也很奇丽,而大笔淋漓,大气磅礴,表现出一种跨越古今的精神,也就是现代的精神。《山鬼》中的人物造型,使我联想起洋文书《爱经》和《渔人和他的魂》的插图,但的确又是我想象中"折芳馨兮遗所思""怨公子兮怅忘归"的形象。画风属于现代,会心者所得到的却仍是二千三百年前感动了屈原,二千三百年后又感动了我的,那种求之不得的深深的寂寞。

这些话并没有说出来,当然也用不着说出来。我又继续问到了《山鬼》:

"是纸本吧?"

"是的，已经裱好了。"

"我以为，这样的大幅，这样的题材，采用壁画的形式，才最合适。"

他未置可否，只说："我还想画湘君、湘夫人。"

"那更宜于作大幅壁画了。照我的痴想，如果湖南为你建画馆，将湘君、湘夫人用壁画形式，顶天立地地陈列起来，才好。"

他只一笑。我接着说道：

"《九歌》是湖南永恒的题材，《山鬼》当然也最好由爱读《楚辞》的湘人来画。徐悲鸿画的《山鬼》，裸女肉感，黑豹狰狞，和我想象中的《九歌》氛围有些距离。"

他说："'乘赤豹兮从文狸'，到底赤豹该是什么样子，文狸又该是什么样呢？所以把它画成半人半怪了。"

"本来就是想象的、神话的东西嘛！"我说，"闻一多也在他的诗剧中想象过，我看还不如你画成半人半怪，希腊神话中的半人马也要追女人嘛。如果你再画湘君、湘夫人，还可看看古人的注疏，看看古人是如何想象的。《山带阁注楚辞》你有没有看过？"

他说他没有此书。我说我有一本，可以给他，那是"文革"前的印本，定价只几毛钱。

说到这里，他忽然起身入室，拿出个大信封，说道：

"这是给你画的一幅画。寄是不行的,只能自己带来,没有用彩色,你看。"一面说一面将它抽出来摊开,乃是一张四尺三开的画,画的是香山与鸟巢禅师问答,纯用白描,墨线细处如须发,画上还有二十多行题记,上款是"叔河一笑",字画浑然一体,各尽其妙。我连忙收下,他却笑嘻嘻地又说了一句:

"没有彩色。"

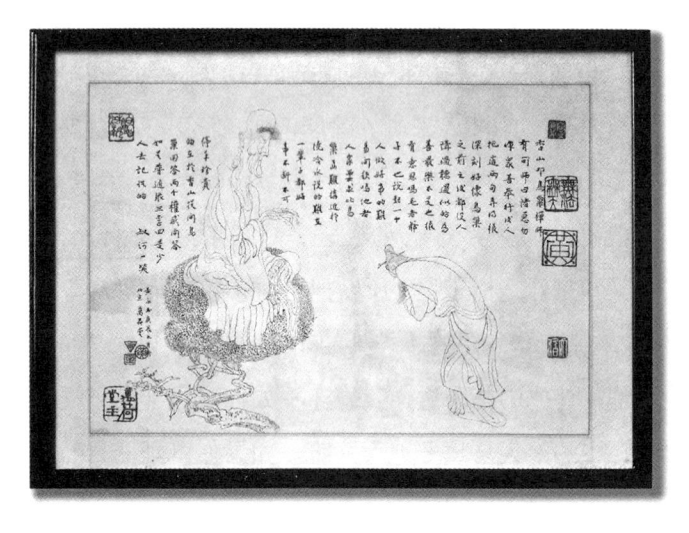

黄永玉画《香山问道图》

我当然知道,以"铁线描"画人物,楷书作题记,比起彩墨小幅来,其难易为何如,反正无法回报,只好愧领了。

大约因为《山鬼》没有来，彼此都觉得遗憾。他便说，这次有一尊"准提观音"，也可以看看。原来他凤凰旧居旁有座准提庵，后来被毁，他便建议重修，并为此塑造了这一尊，翻成了铜像，准备送到凤凰去。造像吸收了北魏风格，他说，有人听不懂"北魏"是什么，于是解释说，北是东南西北的北，又因而被讹成了"北味"，引起我笑了。于是我也把"大托铺的笑话"讲给他听，他也哈哈大笑起来。

因而又谈到写旧诗，谈到聂绀弩和郑超麟，谈到"琅玕珍重奉春君"，谈到叶恭绰、王世襄、朱家溍，又谈到张伯驹，不知不觉过了近三个小时，谈兴仍未少衰。想起他比我还大七岁，明天又要开展，不能不稍微节劳，这才起身告辞。

临别时，我建议他作自己的画传，提到解放前吴柳西译过北欧某画家所作的一册。他立刻记起了是古尔布兰生的《童年与故乡》："的确是妙不可言，好得很。李辉将它重印出来了，我要他给你一本。"

我与曹家

先父昌言公(字佩箴)一八九八年入时务学堂为外课生,与曹二先生陶仙之父籽谷丈(典球)同学。一九〇四年,昌言公在湖南大学堂(后改名湖南高等学堂,今湖南大学的前身)毕业,考取公费留日本,东渡之后,继祖母病逝,他作为长子,只得放弃学习,奔丧回国,之后经省学务处公派到郴州教书,又与籽谷丈同事。

父亲五十多岁才生我。一九四七年他七十岁时,我才考高中。他叫我去考文艺中学,说那里教师好,校舍好,校长又是他的老朋友。临赴考时,他给籽谷老校长写了封信,叫我面呈。结果我考取了第三名,入学后被叫到新落成的从心草堂,老校长笑着对我说:"故人有此佳儿,凭本事考尽够可以了，何必写信呢？"

我在文艺中学读文科高三十八班，英文老师是余志通先生，二先生（陶仙）没教过我的课。三先生（修懋）当教务主任，我年年都是前三名，可免缴俸米若干，须到教务处办手续，所以找三先生的时候多一些。三先生谦谦君子，即之也温，单独相对时常说："令尊是我世伯，你我之间，就不必讲客气了。"

老校长对我尤为关切。一九四八年端午节，那时称为诗人节，他曾以屈原为题，作诗赠我。诗云：

救国深心托九歌　欲征湘士荷吴戈
楚虽三户亡秦必　何事怀沙赴汨罗

当时我是罢课游行的积极分子（这和保持前三名似乎矛盾，却是事实），高喊要民主要自由，有点不要命的样子。老校长此诗，可能有箴规我的意思吧。

那年放寒假时，我照例到从心草堂向老校长告辞。他正在写字，又给我写了一首七律，中有一联：

无聊只自钻牛角　知味何曾食马肝

题云"自遣一首赠锺生",意思也很深长。

解放以后,老校长被安排在省文史馆当副馆长,昌言公为馆员。后来陶仙先生也进了文史馆,却是二老先后逝世以后的事情了。

我和陶仙先生在"文革"中又有一次接触。那是在市立一医院的候诊室里,他急于弄得一张有病的证明,才能不去挖防空洞。我找医院一位姓欧的医生给他开了一张,他再三道谢,客气得简直有些过分。

其时我住教育西街,二先生住司马里,相去并不远。可我是一名右派分子,怕影响到他也影响到我自己,不大敢去看他。他倒是到教育街来过几次,留字条要我帮他找欧医生。一九七〇年我被捕,关了九年。及至平反回长,二先生已经老迈。我恢复工作后也忙了起来,只到司马里看过他一二次。言及老校长及文艺中学旧事,彼此都不禁唏嘘。

后来他移居河西,我们便没再见面了。

二先生是一位畸人。凡和他相识的人,都会留下不易磨灭的印象。可惜如今我也老了,又患脑疾,已难刻画,略述数语,聊为纪念。

周实的眼睛

周实的眼睛是一双聪明人的眼睛,从照片中看,它虽然透彻,却又多少有点迷糊;虽似开心,却又隐藏了几分愁苦。

系列小说《刀俎之间》,第二页便是作者的大幅照片,照片上引起我注意的便是这一双眼睛。虽然周实并非佳丽,而是个四十好几的汉子。

我本是一名"传统阅读"者,这称呼大约相当于遗老,跟不上潮流。事实上我确实是三十岁以后基本不读新诗,五十岁以后基本不读小说(无分新旧)。有什么办法呢,前人便说过:

> 少年游冶爱秦柳,中年感慨爱辛苏,老年澹忘爱刘蒋,人亦何能逃气数也。

秦柳亦何尝不佳,但老年福薄耳。当然也有自称"年方九十"的"老来青",那是身心禀赋非常,能够与时俱进的健者,对之只有惭愧。

这次却因为这一双浓眉下的眼睛,破例地有了翻看《刀俎之间》的兴趣,当然小一半也是为标题所吸引,此则与自己曾被置于刀俎之间,多少有过些这方面的体验有关了。

十个短篇约略不到六万字,正好一个钟头看完。

十个短篇,写了戚夫人、甄妃、方孝孺、朱高煦、屈原、李斯、司马迁、袁崇焕、商鞅和鲧。这十个人分别被"加工"成人彘,被鸩死,被诛十族,被炮烙,被沉潭,被腰斩,被阉割,被凌迟碎剐,被五马分尸,被殛毙。我的天呀:

> 那一刀依惯例从左腰切入,将脾脏均匀地一分为二,但刀口走到脊椎骨时,却怎么切也切不动了。没办法,刽子手和他的两个助手只好摇摇头抬起铡刀,将他一百八十度扭转,再切入右腰,将肝脏均匀地一

分为二。然而，当刀口再碰到脊椎骨时，又怎么切也切不动了。于是，只好三人合力，摁住刀把，憋气一压，才咔嚓一声，将整个人身一刀两断。这样，他的上半身跌到刀的这一边，下半身跌到了另一边，鲜血早已泉水似的咕嘟咕嘟直往外冒，下半身的两条腿青蛙一样乱蹬……

还有：

>一轮明月，又大又圆。……圆月下的沙丘，冷冷冰冰。沙丘上堆积着倒毙的战马，死亡的将士，还有一望无际的糜烂在马骸周围的心脏、肺叶、肛门、情感、灵魂……

上面两段，分别写的是李斯被腰斩和永乐的幻觉，这些立刻给了我强烈的刺激，使我感到了害怕。越是怕，就越要看。奇诡的，有时甚至是荒唐的构想，却又由逼真到简直可以闻到血腥味的描画充实起来。我仿佛竟回到了四五十年前读《恶之花》，读《炼狱》，看毕亚兹莱所画《莎乐美》中的人头时，心灵的战栗更多于毛骨之悚然。

中国的廿四史，本就是一部相斫书，推而广之，四大部洲亦莫不如此。希特勒、奥斯维辛……杀的人还少么？二十世纪在非洲还有吃人的总统和君王，敲骨吸髓用上了高科技，这又驾周实的描写而上之了。

周实用冰冷的手术刀解剖着古老的历史，却不是在写"历史小说"，更不是说历史故事（虽然在描写被杀者和杀人者的心理活动时他充分地展开了历史），而是在诉说亘古不变的人性，诉说人性的不完全，人的软弱和无力，还有从人性中异化出来的狼性和狗性。在这些方面看得多了，想得多了，写得多了，无怪乎周实的眼神透彻中现出些迷糊，开心时隐藏着愁苦了。

我忽然想，写《刀俎之间》时的周实，恐怕也有过在刀俎之间的感觉吧。你看他写的方孝孺、司马迁、李斯、商鞅、鲧，岂不都是有能力做事也想做事的人么，结果却都做好不讨好。杀他们的并不是非人，也不是敌人，而是他们自己为之做事，甚至竭力为之做好的主人，还有就是熟人和友人。

周实没有写楚霸王，霸王之死也很有特点，是自杀之后被肢解的，死之前他对吕马童说：

若非吾故人乎！

林汉达译为：

> 喝，老朋友也来啦！

真是绝了。还有罗马大将恺撒被刺死时留下的名言：

> 你也来了？布鲁特斯！

亦有异曲同工之妙。《刀俎之间》在鲦头上高高扬起青铜长剑然后一挥而下的手，是一只"和鲦的手一模一样的手"。能想象得到，写到结尾这几句时，周实的嘴角一定挂着一丝冷冷的笑。

但周实毕竟是个聪明人，他会适可而止，也会有办法使人们读来不过于沉重。我是在今日凌晨四点到五点看的，看到《腰斩》时，有点喘不过气来了。但再看下去便是《宫》，"斗胆犯上的——割鸡巴"。当鸡巴不是长在自己两腿之间时，读来就比较轻松了。在浓墨重彩叙述太史公被"宫"时，却捎带写了公牛被宫以后：

> 即使有成群的母牛哞哞叫着擦肩而过，它也只能"宁静致远"，处艳不惊，顶多只是抬起头来，傻乎乎

地望一眼。

写到公猪被宫以后：

> 即使母猪用那肥臀日日夜夜揉着拱着，它也安详得像位绅士，眨眨眼睛，摇摇尾巴……

又不禁莞尔而笑了，这大概也就是"传统阅读"之所以始终不能"上层次"的原因吧。

To philomathes 的人[*]

甲骨文我认识很少,只限于三千多年来字形变化较小的人、子、井、田、日、月等几个。杨逢彬我却是认识的,当花城出版社即将印行他这部研究甲骨文的著作时,便想来谈谈对他的一点印象。

这一点印象就是:他是一个有理想家气质的做学问(To philomathes)的人。

根据古希腊人的解释,To philomathes 的根本要求是要超越利害,纯粹求知而不只为了实用。像甲骨文这种东

---

[*] 杨逢彬《殷墟甲骨刻辞词类研究》(二〇〇三年九月花城出版社)的序文。

西，除了专门的研究者，恐怕没有多少人要看，用作求名求利求职的敲门砖，即所谓"实用性"实在很小。但逢彬偏偏有兴趣研究它，而且一钻进去好多年，这便是 To philomathes 了。

初识逢彬时，他刚刚大学毕业。恢复高考后他进的是医学院，可这并不是他自己的选择。他的理想是研究古文字，于是便在医学院毕业后决定弃医习文，宁愿牺牲这五年学医的时间，作为 To philomathes 的代价。

这个决定，正可以说明逢彬的理想家的气质。其时正值逢彬祖父遇夫先生的友朋书札准备出版，标点和注释工作原由出版社组织人员在做。逢彬发现了工作中的一些问题，拿来征询我的看法。于是我知道了，他在学医的同时，便一直在自修古汉语，他的理想是有切实的行动支撑着的。

经过努力，逢彬终于通过严格的考试，成了武汉大学古文字学硕士研究生。此时他年过三十，已经结婚生子，负担不轻。我了解他的古汉语水平不低，便请他标点、今译过几种古籍，使他有一点收入，他都胜任愉快。

修完硕士之后，逢彬可以留校或者来出版社工作。来出版社收入比较高，评职称也容易些，又能够照顾在长沙上班的妻子和幼儿。和他谈到此事时，他诚恳地对我说：

"出版社对我是有吸引力的。我的家也在长沙，去武汉并不容易。但我还是想到大学里去，那才有可能深造，继续研究甲骨文。"

于是，他留在了武大，开始教书。一个新教师的任务是繁重的，后来"开门办学"，还得提着书囊行李到处跑。他的妻子在邮电部门工作，很难兼顾小孩，他甚至不得不将小孩带到武大去，照料其生活，辅导其学习。为了搞好教学，同时坚持研究，逢彬付出了比常人更多的艰辛，终于得到了在职攻读北京大学汉语史博士学位的机会。

在读博以前，逢彬到北大进修了一年，系统补习了汉语史、语言理论和现代汉语。后来又以在职之身，争取又到北大一年，全身心投入学位课程的学习。一九九八年，他以三年之力写成的《殷墟甲骨刻辞动词研究》的论文，取得了博士学位。全体答辩委员给这篇论文以很高的评价，一致认为其研究方法得当，占有材料丰富，尤其在克服用后代语法体系去上探甲骨语法的模式这一点上，具有独到的创获。

此时逢彬已执教好几年，职称还没有上去，等着要看他的"专著"。逢彬却并不急于发表自己的论文。他决心在动词研究之后，继续研究甲骨刻辞的形容词、名词、代词、副词和介词。又用了整整五年，才正式完成这一部专著，交付出版。

花城出版社秦颖告诉我，逢彬交稿以后，多次检阅校样，反复推敲，尤其是对于"绪论"，更是至再至三。秦颖告诉我："出版学术著作，绝大部分作者最关心的都是出书的日期，也有的是稿酬的标准。只有杨逢彬，才自始至终一直将学术质量放在第一位。就凭这一点，我觉得，我们向别的出版社争来这部书稿，就是完全值得的。"

秦颖说："还有一件事也使我感动，我到武大去拿书稿，见到逢彬生活清贫，原因是他妻子放弃长沙的工作去武汉，家庭收入大大减少。我问他何不多讲点课创点收。他说，想做学问就赚不了钱，这点我早就有思想准备。"

秦颖说的这些，不也正就是逢彬 To philomathes 精神的表现吗？

如今"做学问的人"中，理想主义者是越来越少了。大家都变得越来越"现实"，一切只从实际利益考虑。七十多年前有人礼赞古希腊人 To philomathes 的精神，举欧几里得教几何的事为例。有个弟子做习题时问老师："我学了这些能得到什么好处呢？"欧氏便叫听差："去拿两角钱来给这家伙，因为他来求学是为了要得到好处的。"周作人在叙述此故事后申论道：

> 我喜欢礼赞希腊人的好学。好学亦不甚难,难在那样的超越利害,纯粹求知而非为实用。——其实,实用也何尝不是即在其中。中国人专讲实用,结果却是无知亦无得,不能如欧几里德的弟子赚得两角钱而又学了几何。

最后这一句听起来像轻松的调侃,其实却是相当沉重的。

我在这里介绍逢彬和他的书,当然很高兴;但想到真正 To philomathes 精神的式微,亦不禁心情沉重。为了不破坏读者的情绪,也学着来轻松一下吧:写杨逢彬不是为了提倡大家都做书呆子,谁有欧几里得弟子的本事,学了几何又赚得到钱,我也是乐观其成的。

先父与遇夫先生清末同学时务学堂,一九五三年起又同挂名湖南文史研究馆直至逝世。先父一生侘傺,曾教我云:"人不可不立志。我碌碌无为,比同学少年,武如蔡锷寅(锷),文如范源濂,做学问如杨树达,都不啻云泥。此固由于资质有差异,境遇有不同,最重要的还是自己不发愤。汝当以我为戒,立志做一门学问,即使只做出一点半点成绩,也比耍嘴皮子、扎花架子有意义,庶不致庸庸碌碌虚度一生。"

当时我正狂热地参加反对国民党的学生运动,将七十岁老父的话当成耳边风。逢彬的父亲德嘉兄比我小一岁，当时的情况恐怕也差不多。一九四九年八月长沙一解放，德嘉和我不约而同成了共产党的干部，虽然因此五十年后得光荣离休，不必进文史馆，工资也照加，但父亲的期望"做一门学问"却如泥牛入海，消失得无影无踪了。这在读书人家出身的人如德嘉和我者，狂热过后清醒过来时，自然不能不感到一种愧疚，一种遗憾。

现在逢彬学问有成，德嘉兄可以无憾了。回想起自己五十年未能用心于学，辜负了先父的教导，不胜愧悔。

二〇〇三年二月于长沙。

偏怜白面书生气

今年九十七岁的李锐,是我一九四九年进报社时的老社长,曾三次写诗相赠。其一云:

依然一个旧魂灵　风雨虽曾几度经
延水洪波千壑动　庐山飞瀑九天惊
偏怜白面书生气　也觉朱门烙印黥
五十知非犹未晚　骨头如故作新兵

原是他的五十自寿诗。一九八二年(我五十岁)写给我时,他年已六十又五,"延水洪波"和"庐山飞瀑"早都过去,其本人亦非"新兵"而是中央委员了。

一九七九年平反改正时我四十八岁，到八二年正好年满五十，对于"作新兵"确实不够努力，但读到"依然一个旧魂灵"和"骨头如故"时，想起克伦威尔的名言"Paint me as I am"，仍不禁顿生"虽不能至，心向往之"之感。

赠我的第二首诗《寄叔河老乡》，就是直接单独对我说话了：

次青并列谢恭维　　无奈生平不合时
幸有言辞飞网上　　老夫尚保岁寒姿

次青为平江先贤李元度之字，为什么诗句一开头便提到这位先贤呢？

二〇〇三年我作文悼念一九三三年苏区肃反错杀的"平江才子"毛简青，文中有云："平江位于湘赣边境大山中，与江西义宁接壤，两地文风皆盛，皆是出才子的地方。平江古有李次青，今有李锐，都是有名的才子，毛简青生于二李之间……"乃是如实叙述，并无意"恭维"。文章亦未寄给李锐看，是他自己在报上看到的，写诗寄来则是二〇〇四年的事了。

二〇〇七年初朱纯去世，有哀启告知亲友。李锐收到

后立即寄来了挽诗,也是给我第三次写诗:

患难夫妻难问天　贱民生活史无前
鲋鱼涸辙相濡沫　同德同心是宿缘

上款"朱纯同志乡贤千古",下款"九十叟李锐敬挽"。随后又托朱正兄带来了悼念文章,曾在《芳草地》上公开发表。

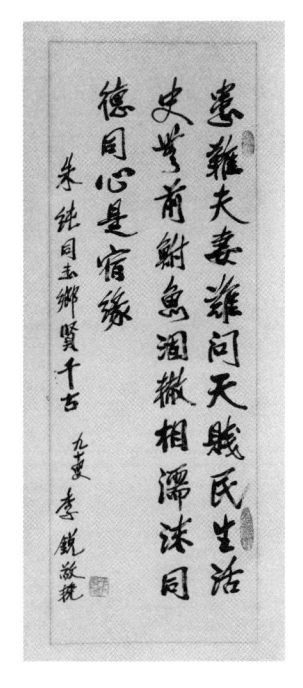

李锐挽朱纯诗

我自幼体弱，怯于出行，至今只进京四次，从未与李锐专门谈过朱纯的事。朱纯更只去看过他一次，李老为她特设家宴，请来京中旧时相识的女同志贺富民等作陪。席间他对朱纯说："锺叔河坐牢九年受了苦，你受的苦比他还多，朱正和柳思都这样说的，还把你做木模工养活几个小孩，凭本事做到了五级师傅的事也告诉我了。将你们夫妇这样率真、这样能干的人开除、劳改，害得骨肉分离，真是太不爱惜人才，太不应该了。"朱纯回来转述此言时，仍然十分感动。

自从参加工作以来，领导过我的人有过多少位，记不清了；到老还能作诗相赠者，就只有"偏怜白面书生气"的这一位。想一想，真的很有意思。

记得青山那一边

少年时崇拜革命家，巴枯宁和克鲁泡特金的形象在我心中十分崇高。我以为，伟大的革命家应该和他们一样，同时又是伟大的道德家，政治道德和私人道德都要好；绝不应该是张献忠和希特勒一类人，不应该是无法无天的强盗暴徒和说话不算数的流氓骗子。克氏《我的自传》曾是我最爱读的书，译《我的自传》的巴金，也成了我所感谢的译者。

那时有一种传说，说"巴金"这个名字，是为了纪念"巴"枯宁和克鲁泡特"金"而取的，这也增加了我对他的好感。

但真正使我从内心亲近巴金的，却是他译的德国作家斯托姆（这是一九四三年文化生活出版社初版的译名，一九九七年《巴金译文集》改作斯笃姆，《中国大百科全书》又改作施托姆了）的小说《蜂湖》。巴金在后记中写道：

> 十年前我在学习德文时，曾经背诵过斯托姆（Theodor Storm，1817—1888）的《迟开的蔷薇》，后来又读了他的《蜂湖》。《蜂湖》的中译本即郭沫若先生译的《茵梦湖》，倒是二十年前在老家里读过的。我不会写斯托姆的文章，不过我喜欢他的文笔……我不想把它介绍给广大的读者，不过对一些劳瘁的心灵，这清丽的文笔，简单的结构，纯真的感情，也许可能给少许安慰罢。

这段话曾引起我一丝疑惑：既然喜欢斯托姆的文笔，认为它可以给劳瘁的心灵以安慰，为什么又"不想把它介绍给广大的读者"呢？中学生的我当时不明白，但其实也用不着明白，只要"这清丽的文笔，纯真的感情"，给了我年少易感的心以温存和慰抚，便已经足够了。

《蜂湖》的故事的确很简单。儿时的来因哈德和伊丽莎白是很好的玩伴，又是同学。他为她在一本老书册空白处写下了自己的第一首诗，这时"年轻的诗人眼里含着泪水"。这些诗渐渐加多,开始他还守着秘密,后来终于被她看到。她读后十分高兴,送了一朵石南花让他夹在书页中。后来他到外地读书,两人便分开了,但她依然是"他的青春时期中一切可爱的和神奇的事物的象征"。再后来,伊丽莎白的母亲却把她嫁给了另一个有许多处田庄(蜂湖便是其一)的同学埃利克。埃利克也是来因哈德的朋友,却不知道来因哈德和伊丽莎白之间曾有过朦胧的初恋。几年之后,埃利克邀请来因哈德来家中作客,于是来因哈德和伊丽莎白便在与他俩少年歌哭之地只隔一道青山的蜂湖上重逢了。

重逢在两人心里漾起了波澜,这里面有留恋,有悔恨,有复苏的萌动,更多的是无可奈何的克制。斯托姆和巴金用哀婉的笔墨,描写两人单独在一起时几次相顾无言的情形,可说达到了抒情的极致,尤其是下面这一节:

……来因哈德弯下身去,在地上生长的野草中间拾起了什么。他再抬起头,他的脸上露出一种非常痛苦的表情。"你认得这朵花吗?"

她惊疑地看了他一眼。"这是石南。我常常在林子里摘它们。"

"我家里有一本老书,"他说,"我从前常常在书上写下各种各样的诗歌，不过这已经是很久以前的事了。书页中间也夹着一朵石南，不过那只是一朵枯萎了的。你知道，那是谁给我的？"

她默默地点点头，可是她却埋下眼睛，凝神地望着他拿在手里的草。他们就这样立了好一会儿。等她张开眼睛看他的时候，他看见她眼里装满了泪水。

"伊丽莎白，"他说，"我们的青春就留在青山的那一边，可现在它到哪儿去了呢？……"

我们的青春就留在青山的那一边，可现在它到哪儿去了呢？

>　　记得青山那一边　　初飞蛱蝶正翩翩
>　　多情书本花间读　　茵梦馀哀已廿年

在被囚禁的日子里，在极端的孤独和苦闷中，我写过几首"惜往日"，这就是其中的一首。

诗中说的"多情书本"，即是巴金译的《蜂湖》，我则更愿意叫它《茵梦湖》，虽然我并不喜欢郭沫若那半文半白的译文。

我不懂外文，如果没有巴金，没有他那和斯托姆一样清丽的文笔，我便不能读到如此多情的书本，从而使我粗糙的感情体会不到、笨拙的笔墨表达不出的东西，能够从阅读中得到感应和宣泄，使自己的泪水得以痛痛快快地一流，稍微抒解郁积在心里的馀哀。

所以，我感谢巴金。

也只有到这时，我才懂得，巴金为什么不想把斯托姆的小说介绍给广大的读者。因为不会伤心也没有伤过心的人，是不可能真正理解它清丽的文笔下看似淡淡其实深深的哀愁的；而巴金却不愿使太多的人伤心，不愿使太多的人哀愁，这正是克鲁泡特金作为伟大道德家的精神。

我一直难忘，老亦难忘《我的自传》和《蜂湖》——《茵梦湖》，在巴金百岁诞辰的时候，我想请求他接受我深深的谢意。

程巢父为前贤说话[*]

与程巢父先生相识之初，只读过他几篇谈武昌鱼和洪湖藕的散文。对名物的博识和考证功夫，散见于看似平淡却颇含趣味的记叙之中，且不乏婉而多讽之致，正是我虽不能至心向往之的境界。后来才知道，写写这类文章，不过是他的精神散步，不过是他作为调剂的一种消遣。

近年来他做的正经工作，如沈曾植研究等，都属于专门，非我这种不学之人所能置喙。但他发表在《东方文化》《书屋》和《文汇读书周报》上，如今又辑印成册的写陈寅恪、胡适的文章，面向大众为前贤说话，我却还看

---

[*] 程巢父《思想时代》（二〇〇四年五月华夏出版社）的序文。

得懂。

陈寅恪和胡适的文化价值，半个世纪前早就有了共识。几十年之后，却还需要人来为他们说话，岂非笑话。不幸的是，笑话却成了事实。如果再倒回去二十多年，则为陈寅恪、胡适（尤其是胡适）说话亦不可能。光是这条"罪名"，戴"帽子"就有了足够的条件。

既要为前贤说话，便免不了是其所是，非其所非，免不了有所争辩。我不是一个好辩的人，不想在程君和别人之间来当评判。我以为只要都摒弃了"封建余孽""美国洋奴"这类"国骂"的影响，都能够实事求是承认陈寅恪和胡适的文化价值，便有了"求同"的基础；在此基础上，尽可以各是其是，各说各话，这不正是陈寅恪、胡适他们终身追求的"允许别人和自己不一样"的自由主义的真谛吗？

程君在为陈寅恪、胡适说话的时候，比较注意从他们的人格道德方面着眼和立言。《陈寅恪、朱延丰师弟关系及学风》一文中，详述了陈氏对自己的研究生朱延丰严格要求，甚至力主不派其出洋；但对朱失恋后"两个星期没上课，又不在宿舍住宿"却非常着急，派人各处去找；为了给朱找到"寄托"，还写信给胡适，推荐朱来试译西洋历史书。后来朱延丰学业有成，原来被陈氏认为"资料疑尚未备，论断或犹可商"的毕业论文《突厥通考》，经过十年"详悉补正"，终于成书出版，陈氏又欣然为之作序。程君以充满感情的笔调介绍了"这一对清华师弟三十年代初在一桩具体事务的处置上所显露的学术精神"，接着又叙述了最近"在南方一所名牌大学里一位终身教授"及其所带研究生的故事，二者反差之大，对比度之强，读了以后，使人不禁为五十年来知识分子人格的贬值和学术道德水平的下降而悲哀，更不禁要掩卷深思其何以致此。这恐怕也就是程君用心用力写作的目的，体现了一种厚重的人文关怀。

"论人文""玩文化"，现在已经成了某些人的"时尚"，但程君绝不是这些人中的一个。他并不自作高明一样来"论"，也不濠上观鱼似的来"玩"，而是把自己作为历史变迁中的一分子，学而思，思而学，故能于反思之后，深切感到胡适的被批判、陈寅恪的被当作"白旗"拔，对于学术和文化，进而对于学术道德和知识分子的人格，实在有重大的影响，从而感到一种深切的痛楚，遂不能已之于言。他自己承认：

> 我的整个少年、青年成长期，都是以他人的头脑当自己的头脑、以他人的眼耳当自己的眼耳的失知失

觉期。迄于中年，通过阅读胡适，才知道梁（启超）氏"新民说"对整整一代人的影响，才认识到"改良主义"岂可等闲视之，……明白了"议论近乎湘乡、南皮之间"的陈寅恪，他所秉持的价值不是滞后而是超前的……

这些话我虽然未必完全同意，却不能不佩服程君对前贤也就是对文化和学术自由、对知识分子独立人格的深切关怀，并敢于为之说话的勇气。我以为，这一点比什么都更为难得。

陈寅恪"生于长沙通泰街周达武故宅"，其地与时务学堂故址（中山西路三贵街口），和我家的距离都在四华里左右，那两处则相隔只有两里来路。光绪二十三年（1897），陈寅恪的父亲陈三立，在长沙协助黄遵宪、熊希龄、谭嗣同等办时务学堂，常在通泰街家中和时务学堂间往来。此时寅恪已经七岁，其兄衡恪（著名美术家陈师曾）则已二十一岁，寅恪是很有可能由父兄带着到过学堂的。如今到处造"假古董"，湖南对修"炎帝陵""舜帝墓"和"杜甫江阁"尤其热心，对于在现代化历史上有着划时代意义的时务学堂故址却全未顾及。我曾在报纸上写过文章，建议将梁启超手书"时务学堂故址"六字，在原处刻石留念，附近广场上则可以建座浮雕，为戊戌在湖南办时务学堂的陈宝箴陈三立父子、黄遵宪、梁启超、谭嗣同等人造像。陈三立的身后可以站着陈师曾，手里可以牵着陈寅恪，各人的名字可以刻在各人的脚下。这样岂不可以为长沙增一胜迹，实在比为朱熹、张栻造像有意义得多。这件事没有同程君讲过，如果征求他的意见，想必也会欣然表示赞成的吧。

二〇〇四年四月二十七日于长沙。

感恩知己廿年前

《偶然集》出版后,寄了一本给杨绛先生。元旦过后收到回信,提到二十年前钱锺书先生为拙著《走向世界——中国人考察西方的历史》作序的事,有这样一句:

> 他生平主动愿为作序者,唯先生一人耳。

因而忆及钱先生对我的关心和帮助,真不能忘。

我与钱先生本不相识,八十年代初他看到"走向世界丛书",发生兴趣,向《读书》的董秀玉表示愿意和我见面谈谈。一九八四年一月我到北京,董便将我带到钱家,让我第一次见到了钱杨两先生。我将丛书新出的几种送给了他们，钱先生则说了些鼓励我的话，认为各书的叙论写得不错，建议结集单行，表示愿为之作序。不巧我那天晕车，无法多请教，只表示希望他对书多提意见，便匆匆告辞了。

回湘以后，一九八四年三月下旬，就收到了钱先生所作序文的第一稿。开头一句是："我最初在《读书》里看了锺叔河同志《走向世界》的文章，感到兴趣，也起了愿望。"附信云：

> 弟素不肯为人作序，世所共知，兹特为兄破例，聊示微意。两周来人事猬集，今急写就呈上，请阅正。……

两天后又收到序文第二稿，附信云：

> 今日稍暇，即将拙序改本誊清送上，请审定。我将把副本交秀玉同志。你有意见，通知我后，我会改。《历史研究》上大文昨晚细读，玉池老人有知当含笑于九泉也，甚佩甚佩。

这改本将开头一句中的"感到兴趣，也起了愿望"，改成了"感到惊喜,也忆起旧事"。类似的还有几处,都只是文字修改,虽然并不重要,亦可见前辈作文反复推敲再三斟酌的写作态度。

我比钱先生小二十一岁,学问相差更远,他却说"你有意见,通知我后,我会改"。此决非讲客气的门面话,而是学人虚受的真实表现,我当然更加应该以诚敬待之,便去信对于序文中夸奖我的话,还有一处可能引起"骂影"(指着和尚骂贼秃)嫌疑的词句提出意见,请他考虑。我的信还没到北京,他又于三月廿八日晨寄来第三稿,附信云:

> 昨日寄上拙稿,想达览。今又在第一页和第三页上改动三处,请代在稿上誊正。

这第一页上改动的一处,便是将开头"我最初在《读书》里看见"这九个字,改成为"我首次看见《读书》里"八个字了。第二天又收到一信,云:

> 序中词句又小有修改,无关弘旨,忙中不暇录副送阅。如兄认为呈稿尚过得去,请便示,我即径交《读书》。

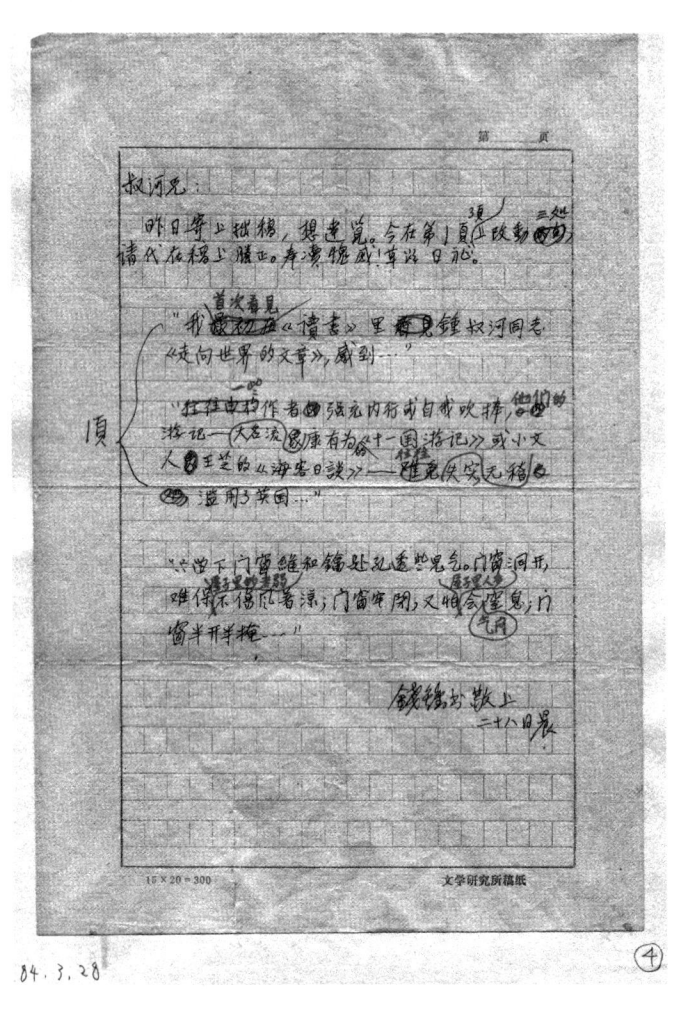

叔河兄：

　　昨日寄上拙稿，想速览。今在第1页3页二处有改动，请代在稿上勘正。车渎惶惶！草此日讯。

　　"我最初在《读书》里首次看见锺叔河同志《文向世界的文章》，感到——"

　　"往往由作者自强充内行而自成吹捧，他们的游记——大至泛指康有为的《十一国游记》或小文人王芝的《海客日谈》——难免失实无稽，甚至瀰漫了英回……"

　　"出世下门窗缝和锺处礼遁些鬼气。门窗洞开，难保不信风者凉；门窗紧闭，又恐会窒息；门窗半开半掩……"

　　　　　　　　　　　　钱锺书敬上
　　　　　　　　　　　　二十八日晨

④

钱锺书致锺叔河信

接着三月三十一日又有来信,是回我上次去信的:

> 拙序佛头着秽,邀君许可,甚喜。所嘱改两处,已遵命增正,勿念。弟交秀玉稿上又有字句修饰四五处,"文改公"之谥法,所不敢辞。

这"文改公"虽然是自嘲,却也是"纪实"。他对文章字句,即使"无关弘旨",也要一改再改,务求合适,这是多么不怕麻烦、多么认真的精神啊。

以后在钱先生和我之间,关于我去信请他修改的两处,还继续有些讨论。四月六日来信云:

> 尊虑甚是,弟说老实话,而读者每以为曲笔微词。如弟序内人《干校六记》谓生平最不喜《浮生六记》,而美国人译本导言云:"钱某语多须反看,此句恐亦然"云云。……"骂影"之嫌,于"采访发掘"下添"找到了很有价值而久被埋没的著作,辑成……"这样似乎可减少"春秋之笔"的味道。……"强称内行"云云,则当代号称"通晓中西"之大作家名学者所撰《漫步美国》之类,均不免此讥……

所指"大作家名学者"的"本事",以及先生后来谈到的许多别的事情,都是文坛掌故,极有价值,对此我当然不便多嘴。我在序文中添增的一二字句,复印了寄他审阅,亦与先生之意暗合,来信云:

> 昨复一函,告遵示添一句,以免"骂影"之嫌,想达。顷得挂号函及复制稿,甚感。兄所代增两处,与弟已改两处,无只字异。盖弟虽暗中摸索,而葫芦未走样也。

对于我寄去请他阅示的我自己写的《后记》,先生也提了很中肯的意见,云:

> 大作《后记》甚好。知得力贤内助,尤使愚夫妇忻慰不已。有二处请再酌:(一)第一节中"我的杯很小……"后,宜插入"这是法国诗人缪赛的名句,也是我……",否则太突兀,而显然此语为谁说并不周知也。(二)末节关于弟处太多,使我局促不安,亦非体裁所宜。且弟与李侃同志并列,而大讲钱,只字不及李,反冷落一边,务请削去此节。兄书卓然名家,不以弟序而重。……即如"杨宪益先生的大手

> 笔"语中"大"字，亦可省去，"借重"字亦太过。斤斤之愚，求免于俗，幸垂察焉。

都是设身处地为我着想，或帮我弥缝。《后记》中对钱先生表示感谢的话，其实只有一两句，并不"太多"，他却一定要我"削去"，无奈只能照办。改后寄去，先生看后才回信道：

> 读尊序（后记）改订稿，可谓毫发无遗憾矣。

于是这篇后记就这样印上了中华书局一九八五年出版的拙著《走向世界——中国人考察西方的历史》一书。此书一九九三年、二〇〇〇年和二〇一〇年三次重印，钱先生的序一直冠冕全书。

钱锺书先生百年祭

杨绛先生来信,要我为钱锺书先生百年纪念文集撰写一篇文章,这是我义不容辞的事情,虽拙于为文,也不能不做的。

我说,钱先生是智者,又是仁人。三十年前,他光凭几本新出版的"走向世界丛书",便给了我这个素不相识、毫无关系的外省编辑许多指导和帮助,完全是出于对学术——天下之公器的关爱,出于对我们这个历经坎坷的古老民族如何才能快点"走向世界"——走向全球文明的关心。这是真正的不忍之心、仁人之心,我永不能忘。

为了纪念钱先生,今发表先生一九八二年三月二十八日给我的第一封信,并将先生托《读书》编者董秀玉女士转信的便函同时发表。

秀玉同志：

又来麻烦你了——但是你也"咎由自取"。叔河同志走得匆忙，没有留下地址。我感于他的盛意，抽空翻看了几本，有些意见，写出烦你转给他。将来如得暇再看到什么，当陆续告知，共襄大业。费神至谢，即致
敬礼
范用同志前并问候

钱锺书上，杨绛同候，星期日晚。

所署"星期日晚"，应在三月二十八日晚饭后。原信封上四分钱邮票的盖销戳，"3.28.20"字迹清晰，"20"显示二十时即晚上八点钟，晚饭后去附近邮局正好赶上，即此便可见先生的热心了。

"咎由自取"当然是诙谐，意思是董秀玉带我上门，才惹来转信的麻烦。原来我于一九八二年三月奉召入京开会，会后见到董秀玉，她告云，"钱先生很欣赏'走向世界丛书'，说是编书人如果来北京，愿与见面谈谈"。于是立马便跟她搭乘公共汽车去了钱家。

我自幼体弱，晕船晕车，很怕出门，至今连北京都只去过四次，八二年这是第二次。当时喜出望外，忘了在上车前服晕车药，很快开始晕车，发了晕即服药亦无效了。这就是我很高兴地见到了钱先生，却又不能不"走得匆忙"，以至"没有留下地址"的原因。

钱先生"抽空翻看了几本"的，即是我和董秀玉带去的"走向世界丛书"，也就是先生在给我信中谈到的李圭《环游地球新录》、斌椿《乘槎笔记》和张德彝《欧美环游记》。

下面便是董秀玉转寄给我的信。

叔河同志：

承你带病来看我，并给我那些书，十分感谢。你归途未发病否？我很挂念。但有秀玉同志和你在一起，我又放心些。

你编的那套书，很表示出你的识见和学力，准会获得读众的称许。因为你一定要我提点意见，我匆匆看了几种，欣赏了你写的各篇序文。我下月起，应中华要求，须校订一部旧作，怕没有工夫细看这些书，先把见到的零星小节写给你供参考。

（1）李圭《环游地球新录》。你在他书的序文里，都或详或略地介绍了作者，在本书里似乎忽视了这点。

钱锺书先生百年祭　119

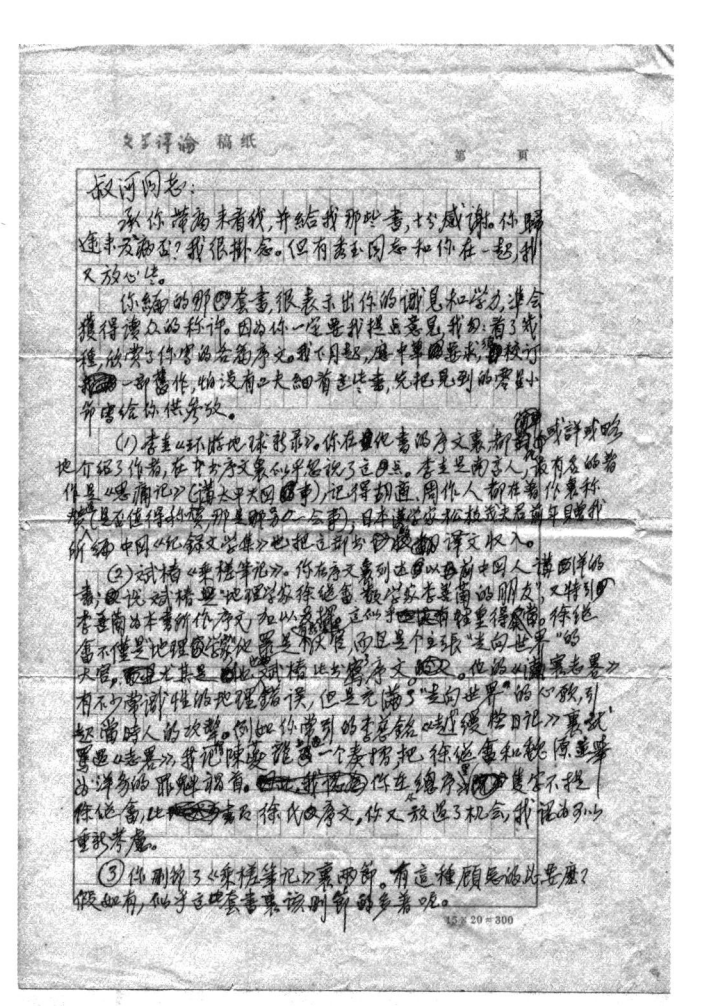

钱锺书致锺叔河信（第一页）

钱锺书致锺叔河信（第二页）

李圭是南京人,最有名的著作是《思痛记》(讲太平天国事),记得胡适、周作人都在著作里称赞过(是否值得称赞,那是另一回事);日本汉学家松枝茂夫君前年赠我所编中国《纪录文学集》也把这部书的译文收入。

(2) 斌椿《乘槎笔记》。你在序文里列述以前中国人讲西洋的书,说斌椿是"地理学家徐继畬、数学家李善兰的朋友",又特引李善兰为本书所作序文,加以发挥。这似乎轻重得失当。徐继畬不仅是"地理学家",他还是个有影响的大官,而且是个主张"走向世界"的大官,尤其是他也为斌椿此书写了序文。他的《瀛寰志略》有不少常识性的地理错误,但是充满了"走向世界"的心愿,引起当时人的攻击。例如你常引的李慈铭《越缦堂日记》里就骂过《志略》,我记得陈夔龙上过一个奏折,把徐继畬和魏源并举为洋务的罪魁祸首。你在《总序》里只字不提徐继畬,此书有徐氏序文,你又放过了机会,我认为可以重新考虑。

(3) 你删节了《乘槎笔记》里两节,有这种顾虑的必要么?假如有,似乎这套书里该删节的多着呢。

(4) 张德彝《欧美环游记》。把原书里外国字的译音一部分注明洋文，那些没有注明的其实都可以补出（例如77页"格郎局晒"是"grande duchesse"）等等，这且不去管它。注明的洋文里有些错误。76页"up, up, hurroh"当作"Hip, Hip, hooray"。141页"Holy（神圣的）"当补一句"应指冬青树（Holly），张德彝误听误解"（张德彝的英语读音似乎常有问题，例如直到《八述奇》时代光绪二十八年九月二十五日，"惴尔者唱圣经人也"，就是把"Choir"的"h"误读出来）。120页"五（午）夜回思"，（午）不必加，"五夜"常见古诗文中，即五更。128页"敖尔柴斯特立邦"，"邦"必"那"之讹。191页"美万海西……美克万海西"，两"万"字必讹，请查对原本，因这里是对译"you"的音。你序里特意提到"侯爵德理文"那一节，那就是《乘槎笔记》同治五年三月二十七、二十九日所提到"译唐诗"的"德侯理文"，原名 Léon［理文］d'Hervey［德］de Saint-Denys［圣丹尼侯爵］（他的 Poésies de l'époqne des Thang 等译作早被遗忘了，也许亏得近代法国小说巨著 Marcel Proust, Sodome et Gomorrhe 提起他的姓名）。

我在《抖擞》上发表的文章，蒙你夸奖并引为同道，是给我的鼓励。我有一个改定本在秀玉同志处，准备将来编入一本小集里。《观自得斋丛书》想已找着了。

贵社袁、高两位同志远道相访，我很惭愧不能满足他们的要求。请你代我向他们道歉并致谢。

几次客来打断，写不成字，语不达意，请原谅。此致

敬礼！

钱锺书，二十八日。

钱先生指出的"零星小节"，其实都是我的重大失误。兹分述如下：

（1）序文本应介绍作者背景，《环游地球新录》为最先出版（一九八〇年八月）的第一种，于此竟付阙如。此固与当时有人不看好这套书（说一年最多只能出四五本，说编者不该自撰长篇前言）有关，但主要原因还是自己腹笥匮乏，日本汉学家的书从来没见过，胡适一九三七年一月十三日夜写给周作人的信也是朱正同志告诉我才知道的。蒙先生指点，益知须多占有材料，始能争取话语权。后来一九八五年三月新版《环游地球新录》，我撰写并署名的叙论，字数便比钱先生所见署名"谷及世"（谐音"古籍室"，以免"突出个人"）的这篇多出一倍半；在加

写的"痛定思痛"一节中，又将李圭家中遭难"男女死者二十馀"，他本人被太平军裹胁去做了"写字先生"，后据亲见亲闻作《思痛记》等有关情事，作了必要的介绍。

（2）总序两引魏源之言，而"只字不提徐继畬"；《乘槎笔记》有徐继畬和李善兰等人序文，又只引李序并加以发挥，都确实"轻重得失当"。我只看重魏、李的士人身份，又以为魏源撰述在前，影响也大些，举以代表便行了。殊不知徐氏的《瀛寰志略》一书，也是据泰西地图册子，"就米利坚人雅裨理询释之"，"五阅寒暑"而成的；徐本人还任过总理各国事务衙门行走，管理过京师同文馆，确是"走向世界的大官"，忽视他真的不对。读先生信后，深感自己率意为文的积习难除，写学术文还欠缺修养和能力，不能不努力再努力。

（3）《乘槎笔记》的刻本我有三种，第一种为"同治辛未镌，醉六藏板"，分上下卷；第二种署"三品衔总理各国事务衙门副总办斌椿纂"，不分卷；第三种署"三品衔内务府庆丰司郎中斌椿"，亦不分卷。一、二两种的文字相同，第三种则稍有删削。我写的序文全未介绍版本情况，只笼统写道："此次据原刻本校点排印，除二月十八日记新加坡土人删去四十字，四月二十三日赴英王宴舞宫会宴感想删去二十九字外，完全保持原貌……"钱先生质疑我有这种删节的必要吗，对我确是及时的警勖。因为赴宴后"几疑此身在天上瑶池所与接谈者皆金甲天神蕊珠仙子非复人间世矣"二十九字，虽为第三种版本所删，"惟土人则黑肉红牙獉獉狉狉殊堪骇人使柳子厚至此必曰异哉造物灵秀之气不钟于人而钟于鸟"四十字，却三本咸同，是我"援例"删去的。我不分别做出说明，完全是在"删书衙"积威下养成的奴隶服从性的自然流露。"走向世界丛书"记录前人跌跌撞撞走向世界的历程，价值全在真实具体，有啥说啥，难道还能要求前清同治年间的官员按"三个世界"的划分，用"对外宣传"的统一口径说话吗？猛省以后，我的脊梁就硬一点直一点了，"丛书"就再没有删削原书了。不久前，《小西门集》在上海被要求删改五十几年前说过的几句话，我即断然拒绝，宁可不出书，拿几千元退稿费了事。这一点点勇气，也可以说是拜先生之赐吧。

（4）"把原书里外国字的译音一部分注明洋文"，这件事我实在是没能力做好的。我只在初中三年、高中两年（未毕业）学过一点英文，做起来正如《兰学事始》书中描写的那几位日本医人，只诵习过几百言和（荷）兰话，便发愿来译医学专书，"如乘无舵之舟泛于大海，茫茫无可倚托"，遗漏和错误自然不少。钱先生给我指出的《欧美环游记》七十七页原文是:"是夕所演,系法朗西之戏文,出名格朗局晒,译言大公爵夫人也。"译言"大"的"格郎"是 grand 我还明白,"大公夫人"英文则原本不识,"格朗局晒"该还原为 grande duchesse 更不知道了。七十六页的原文是:"言罢众皆举酒大呼曰,额卜额卜额卜,贺来贺来,以示宾主欢洽之意。"我从未出过洋,未听过洋人这样呼喊,当然更主要的原因还是自己英文程度低,于是"望文(辨音)生义",将"额卜"注成了"up",将"贺来"注成了"hurrah"(印本又错成了hurroh)。至于"张德彝的误听误解",还有他写到的外国人物的生平行事,要予以订正,进行考证,就是再努力几年十几年,我亦未必能行。思之再三,只好在后来的编辑工作中取消脚注,不再事倍功半地还原英文,只在书后做"人名索引"和"译名简释"(今昔译名对照),这样至少避免了漏注和错注的毛病,守住了"丛书"质量的底线。仅仅此一点,先生对我的帮助即很大很大了。

先生信中说,他应中华书局的要求,要校订一部旧作,这应是两年后出版的《谈艺录》;又说,有稿件在董秀玉处,准备编成一本新书,这应是三年后印成的《七缀集》;他写信时"几次客来打断"(其中有一次恐怕还是"贵社袁、高两位同志",也不知道他们是干什么去的),

可见先生当时真的很忙。忙中还能写出如此长、内容如此切实、词意如此恳切的信,连夜投邮,对一个素不相识、毫无关系的人进行指导和帮助,又确实罕见。他为什么能如此做呢?照我想,恐怕只能是为了学术,为了使我们更快地"走向世界",走向全球文明的"大业"吧。

这就是钱先生在我心目中万不能及的地方——他的仁人之心、不忍之心,对民族和人民的不忍之心。

《山斋凉夜》诗

《山斋凉夜》是钱锺书先生抗战期间在湖南安化蓝田（今涟源）李园所作的一首七律：

孤萤没竹淡收光　雨后宵凉气挟霜
细诉秋心虫语砌　冥传风态叶飘廊
相看不厌无多月　且住为佳岂有乡
如缶如瓜浑未识　数星飞落忽迷方

他曾写赠我，款云"山斋凉夜旧什录呈叔河贤友雅属"，下钤图章"钱印锺书""默存"。同时寄来的还有一信：

《山斋凉夜》诗　129

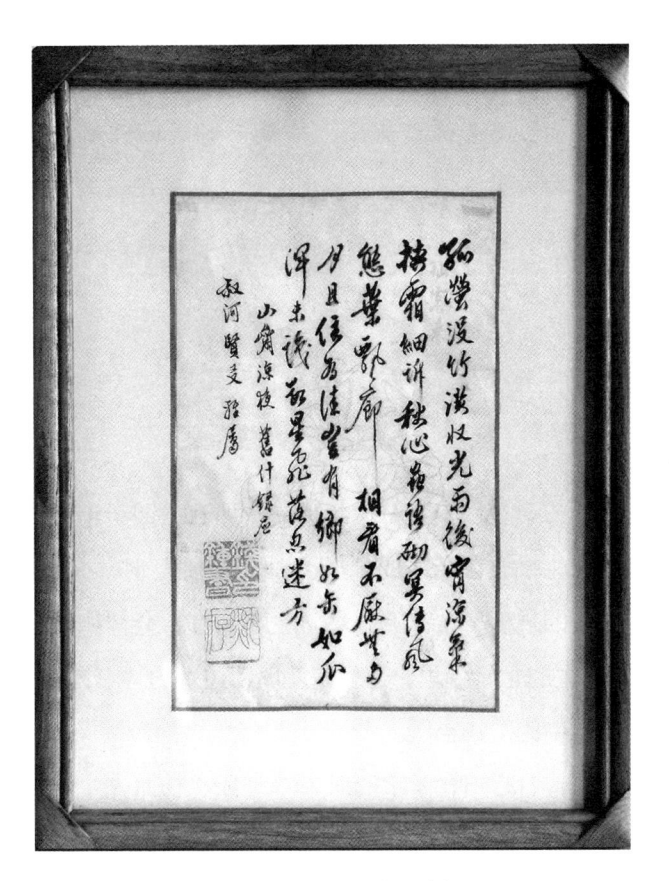

钱锺书手迹《山斋凉夜》

叔河贤友如晤：

　　除夕前了笔墨宿债，忆吾友曾索拙书，即写两纸，所录皆四十年前寓贵省时作诗也。正思寄奉，忽得尊函，摄影风度大佳，珍藏时时展玩，如见故人矣。内人畏写字，请兄豁免；老翁既被役，老妇可从宽减乎，一笑。献岁有新，维身心康泰著述新富为颂。笔秃不成字，草此即颂

俪祉

　　　　　　钱锺书敬上，杨绛同候，一月二日夜。

这"一月二日夜"是在八十年代初，那么"四十年前"正好是钱先生执教在湖南的"国立师范学院"时。《围城》说，学校的规模不大，除了女学生和家眷，全都住在一个"本地财主的花园"里，这便是蓝田镇边上的"李园"，也就是诗题中的"山斋"。

　　从来信看得出我索字的对象本是钱、杨两先生，但钱先生宁愿自己"被役"，也要替杨先生请求"豁免"。联想起诗中"细诉秋心"和"相看不厌"的离人寂寞，这一对青春作伴白首同归的文人夫妇之伉俪情怀，确实令人忻羡。

　　钱、杨的学问文章早由历史定位，完全不必再以书

名，但我对两先生的书法，也和对他们的文章一样喜欢。署"钱锺书默存稿，杨绛季康录"的影印本《槐聚诗存》，至今常在我案头枕畔。书中一九四〇年部分第二十九页下的《山斋凉夜》，和写给我的有两字不同，即首联中"没"字作"隐"，"挟"字作"蕴"，再就是末联中"如缶如瓜"有小注："流星如缶如瓜云云，见后汉书天文志。"由杨先生秀雅的楷法写出来，和钱先生行云流水的手迹对观，用一句成语来形容，真是"四美具，二难并"了（"四美"谓两先生的文辞和书法，因为书中也有钱氏手迹和杨的文章）。

现在该说到"李园"和"国师"了。予生也晚，抗战胜利前足迹不出长沙和平江，未曾游涉李园，与国师却还有过一点点关系。大姐一九四〇年前后读书安化桥头河，去蓝田不远，订阅了那里印行的《学与思》杂志，上面常见出自国师的文字。有篇记师生联欢，写到"父子教授"同时出席而态度迥异，年轻的那位语出惊人，丰采超群，着西装还打了根红领带。小学生的我对教授的名字不怎么关心，却记住了那根红领带。

第二年进了初中，"英文先生"是国师的毕业生，曾在课堂上讲过他的老师和太老师，一个英文系主任一个国文系主任，学问都非常之了不起，太老师却好像更偏爱自己的女婿（也是国文系的老师）。这些故事学生们听过也就听过了，几个顽皮点的甚至还敢低声议论，"吹老师还不是吹他自己"。但因为红领带印象深刻，所以先生眉飞色舞的样子亦未能忘。

及年岁稍长，读过《围城》和《谈艺录》，又读了从王闿运讲到徐志摩的《现代文学史》，知道了"父子教授"的详情，理性上和感性上自然而然地认同和倾倒于年轻一代。八十年代编"走向世界丛书"，得到锺书先生青及，给予指导，对他就更愿亲近了。有次去看先生时，谈到国师学生在湖南教书的很多，我自己就当过一个学期他学生的学生，却说不出那位"英文先生"的名字。他给我写《山斋凉夜》，称我"贤友"，可能也与这次谈话有关。

就在这前后不久，某大学准备开"钱基博学术讨论会"，准备整理出版钱氏的全集。据说锺书先生对此不甚热心，表示反对"招邀不三不四之闲人，讲谈不痛不痒之废话，花费不明不白之冤钱"，引起议论。我问及此事，锺书先生回信说：

> ……先君遗著有独绝处，然出版尚非其时。其弟子辈尊师而无识力，急于刊行；弟于此事不敢置可

否，蒙不孝之讥而已……

话说得很清楚。他不仅没有否定老先生的学术贡献，还肯定了其"有独绝处"，也就是有学术价值，担心的只是"弟子辈无识力"，不能将其整理出版好。

我却很不识相，打电话去说我虽然也无识力，但身在湖南，老先生在蓝田时印的《近百年湖南学风》六十四开土纸本是认真读过的，认为它确实"有独绝处"，还是想在湖南将其和李肖聃《湘学略》合为一册印行，请求允许。他笑答道：

"我这里只能一视同仁。你硬想印，就去找我的妹妹吧。"

于是我便去找了锺霞先生。她很快便授权了，并且写来了一篇充满感情的后记，最后几句是：

> 本书初版在蓝田印成……我一直珍藏着，"文革"初期它被当作"四旧"销毁了……岳麓书社居然寻得了一个初版本，重新付印，让父亲的遗著得与世人见面，我很感谢。四十多年前我做过校对，现在又做一次校对，使我沉浸于回忆中。寒风之夜，李园四周，万壑松涛在响。西侧一室，橘黄的灯焰摇晃着，父亲

在灯下一笔一笔认真地写这本书稿。四十多年了。

落款是"钱锺霞校读后记,一九八五年元月于武昌"。

这也是一篇好文章,到底是钱锺书的妹妹啊!

送别张中行先生

张先生走了，走得像平时一样安详。先生年近期颐，已臻上寿，顺生应命，无疾而终，我辈本毋庸过悲，但想到寥落晨星又弱一个，心中的失落感仍久久不能释散。

先生名中行。《论语》子路篇："不得中行而与之，必也狂狷乎。狂者进取，狷者有所不为也。"可见孔子虽不薄狂狷，却对中行更为看重。如今盖棺论定，先生的生平行事还有文章思想，都说明他实副其名，称中行而无愧。

"狂者进取"，在青春如画如歌的岁月里，先生的"进取"精神确实稍嫌不足。如果他更"进取"一些，大街上会多一个游行示威喊口号的大学生，也许还会多一位后来的"三八式"，这当然是件好事；但如此一来，很可能就不会有《负暄琐话》，不会有《流年碎影》，不会有《佛教与中国文学》……了吧。韩愈《柳子厚墓志铭》云："以彼易此，孰得孰失，必有能辨之者。"这句话大概也可以用在这里。

"狷者有所不为"，张先生却曾为"六代之民"。他因为家庭拖累，"不得不扔掉逃出沦陷区的理想"，去当时的民众教育馆管图书，还到当时的北大国文系当助教。"吞声混瑕垢"的他，辛辛苦苦养育了几个孩子，使她们后来都能成为对社会有用的人；自己也利用管图书的条件，遍读了从古希腊罗马起直到近代欧洲各国名家名著的译本，这对于一位学人和文人恐怕也十分重要。

我有幸"得中行而与之"，其经过先生在《书呆子一路》文中写得很详细。文章我是在《读书》杂志一九九四年第一期上读到的，后来收入《负暄三话》，别人又给了我一本。此文开头说：

> 锺叔河先生住湖之南，我住河之北，相距弱水三千，只今年夏天他北来，住东华门外翠明庄十许日，我们在我的城内住处景山之左见过一面，招待他一顿晚饭。他著作等身，如果连编印的也算在内，就要超身，可是我只有两种，其一是《儿童杂事诗笺释》，

是自己掏腰包买的,其二是《书前书后》,是他这次当面送的。

"著作等身"当然是客气话,除此之外,都是纪实。

我和先生见面,这是第一次,也是唯一的一次。先生的著作,大都签名寄给了我,写到我的《负暄三话》却没有寄。"扬人之美,不可当面",正显示出先生不示好不张扬的谦和内敛的本色,即所谓"书呆子一路"。我虽然也印过几本小书,总觉得拿不出手,只有选编的知堂著作,还有辑刊的《林屋山民送米图卷子》,知道先生会愿看,才寄去或托人带去。如今一十五卷知堂文集即将印成,而先生已不及见了。

上面说了这些,可见人之相与相知,并不在乎形迹。尤其是文字之交,鼎尝一脔,即已知味,更不必用作品相酬答。张先生长于我二十二岁,他对我奖掖逾恒,我在他生前却从未写过他,原因即在于此。我爱重先生,亦爱重和先生的交谊,故深惧同于流俗贻先生羞也。

在《书呆子一路》文章的末尾,张先生写到了我请他写对联的事情:

> 他截取了梁任公集的一副对联之半,希望我写,

装裱后挂在一幅画的两旁。我问什么语句,他说都出于宋词,上联是辛稼轩的"更能消几番风雨",下联是姜白石的"最可惜一片江山"。……是两年以前了,我忽然也想集联,从小圈子(《古诗十九首》)里,驰骋地很小,居然也有成,是"立身苦不早,为乐须及时"。……

接着又是客气话。其实"风雨""江山"亦不过说说罢了,我和先生境界的差距,正如宋词之于汉魏古诗,相隔真是太远。

先生随即便将对联写好,在北京装裱后装盒寄给了我,可能是为了节省字数吧,上款写成"锺叔河先生集稼轩白石句为楹帖属书",将梁任公略去了,这却有些不很妥当,我以为。

辛姜二词都是在长沙写的。辛词调寄《摸鱼儿》,开头两句就是:

> 更能消几番风雨,匆匆春又归去。
> 惜春长怕花开早,何况落红无数。

有小序:"淳熙己亥自湖北漕移湖南,同官王正之置酒小

山亭,为赋。"姜词则是一首《八归》,上阕末尾两句是:

> 送客重寻西去路,问水面琵琶谁拨。
> 最可惜一片江山,都付与啼䳌。

小序只有一句"湘中送胡德华"。时在淳熙丙午,去己亥不过七年,同时代的两位大词人似未能在长沙相见。文人遇合,亦有命有时,有幸有不幸。送别张先生时想到这些,不禁更加感到了寂寞。

萧沛苍题画

曹霸画马,"斯须九重真龙出,一洗万古凡马空"。蒲永升画水,"夏日挂之高堂素壁,即阴风袭人,毛发为立"。曹蒲二人的画早已不存,因为杜甫写了《丹青引》,苏轼写了《寿宁院画水记》,后人才知道他们,画史上才留下他们的名字。老杜和大苏,也就是早期的题画者。

曹霸和蒲永升应该说是幸运的。韩愈也写过一篇有名的题画文《画记》,云"杂古今人物小画为一卷,人大小百二十有三,马大小八十三,器物二百五十有一,皆曲尽其妙",以为"非一工人所能运思"。这不止一位"工人",也就是此一卷画的作者,连一个名字也没能留下。

古时的画工画师不算士大夫,并不能文,以画为业,靠画谋生；士大夫则靠田租和官俸过活，能作文章，而视之为"千古事"，不会拿来换钱。他们彼此之间，存在着难以逾越的界限。画工们画人画马"皆曲尽其妙"，《画记》却只有韩愈才写得出。

出于天性和天分，士大夫也有喜欢画，画得好的，如唐之王维，宋之苏轼，因此便有了"文人画"。但画工与文人的界限一时仍难消除，作画仍然只是文人的"墨戏"，"三绝诗书画"中画仍然只能排老三。苏轼可以为蒲允升、李允升们题画，对自己的画却极少留题。

一直要到实行"九儒十丐"政策的元朝，读书人成为"臭老九"，甚至沦落到了不能不用字画来"易升斗之粮"的地步，文人画才真正得到大发展。明清两代，画家便基本上都是文人，而且大部分都职业化了。"题画"慢慢成为文体之一，自题自画的也渐渐多了起来。这实际上是画家在创作上和人格上走向独立的过程。郑板桥本是县太爷，七品官，却敢于辞官不做，卖画过活，在自己的画上题道，"闲来写幅青山卖，不使人间造孽钱"。带有现代知识分子色彩的画家，就由此而诞生了。

我不懂画，却喜欢看看题画的小文，尤其是郑板桥的。他有一则《题画竹》：

> 江馆清秋，晨起看竹，烟光日影露气，皆浮动于疏枝密叶之间，胸中勃勃，遂有画意；其实胸中之竹，并不是眼中之竹也。因而磨墨展纸，落笔倏作变相，手中之竹，又不是胸中之竹也。总之，意在笔先者，定则也；趣在法外者，化机也，独画云乎哉！

不到一百个字，既写了"眼中之竹"的景，又抒了"胸中之竹"的情，从"眼中"到"手中"，谈的是画理和美学，"胸中"的意趣，则引出了人生哲学的根本问题，文字既清新，又波峭，不仅好读，而且耐读。

这幅板桥画竹我从未见过，连印本也无缘识面，恐怕它也不存在天地之间了。这则"板桥题画"，则从六十五年前初见时起，即一直没有远离我的记忆，几年前撰《念楼学短》时又将其收留在里边。

画家本人的"题画"，在西来的油画上是见不到的。如今的画家无一不从院校出身，都可以说是文人，学的即使是油画，中国文人画的传统又为何不可保存一二？使我高兴的是，最近出版的《萧沛苍油画集·与风景同行》总算填补了这个空白。我不具备评画的资格，但萧君在一些画幅下写的《作画手记》，却深深地打动了我，这实际上便是他的"题画"，如《蕨》所题：

一到春天，山沟中樱桃花开时，像粉末般撒下的细雨中，蕨苗也就拳拳地长出来了，齐崭崭地排着，一片连着一片，还真是好看，便想画它。蕨苗可食，伯夷叔齐首阳采薇，不知是不是就是这个？

《蕉》则题道：

广东音乐曲牌中有《雨打芭蕉》，想必是春雨。雨打芭蕉的声音四时不同，每雨也每不同，而那感受，则多半又是由你其时的心境而定的。我喜欢芭蕉，它带给你的情趣是那样的丰富，尤其是它的绿荫将你的窗和阳台浸得一片绿意的时候。

《出山》又题道：

小溪的水很清很清，然"水至清则无鱼"，这也真切。不然，何以有人别出心裁要在溪边山田中挖个池子，放进鱼儿，让人在浑浊的水中钓鱼呢？小溪的水欢快地流，它要流出山去。不怕人笑我荒唐，我还真替它操份心。

已经摘抄了三则，不好意思再抄下去了。这实在是很美的散文，和郑板桥的可以相比。萧君的画我自然也很喜欢，尤其是他画的山石，能使我感受到历史的沧桑和沉重，却苦于无法用"内行话"表达出来，于是只能就"题画"讲几句。买椟还珠，不免贻笑，不过这些话乃是我本心想要说的，便顾不得那么多了。

说说黄裳

现代散文出现还不到九十年,胡适和陈独秀一九一七年发表《文学改良刍议》和《文学革命论》,用的还都是文言。习惯以三十年为一代,那么至今也不过三代人的光景罢了。

散文作者的第一代当然是"五四"前辈们,其作品则可以赵家璧一九三五年编的《中国新文学大系》中的两卷散文作代表。胡适评说"白话文学的成绩",说"白话诗可以算是上了成功的路,短篇小说也渐渐地成立了,戏剧与长篇小说的成绩最坏,最可注意的发展乃是散文的成功"。这话说得对不对呢?只需将《大系》搬来,看一看所选的小说一百五十三篇、散文二百零二篇、诗歌四百一十一首和话剧十八出中，有多少今天还有人要读，还有人要印，就能够完全明白了。

第一代的徐志摩和梁遇春，编《大系》时即已"作古"。到世纪末，叶圣陶和冰心成了最后陨落的星辰。但《未厌居习作》《寄小读者》还存在着，它们和《巴黎的鳞爪》《春醪集》一样地存在着。

第二代作品的出现，一般都要比第一代晚二三十年。黄裳的《锦帆集》出版于一九四六年，再过三年，中国就起了翻天覆地的变化，这真是"赶上了"。政治和社会的大变动，对于创作正由早期进入中期的作家来说，其影响是巨大的，甚至是决定性的。黄裳经历了这一切，并且以他的作品记录了这一切，即使是《珠还记幸》，一个"珠还"，一个"记幸"，也便是生动的记录。正如 A. 托尔斯泰《苦难的历程》卷首题词所说的："在血水中三次浸泡，在灰水中三次冲刷，在清水中三次洗濯，我们就比纯净的更为纯净了。"

黄裳将他八十年代在香港、九十年代在内地出版的散文集取名《河里子集》，河里子也就是鹅卵石，它"经过多少年的摩擦，冲洗，有的磨去了棱角，成为圆形或椭圆形……"，多少年才能磨成圆形，这就远不止三次了吧。

第一代散文作家的成功，是因为他们在打碎古文枷锁的同时，却能够充分吸取古时反传统反"文以载道"的思想和文章的长处（新诗就做不到这一点），同时还能够迎来"德先生"和"赛先生"，接受两位先生的新思想。在这两方面，他们都是"有学有术"的。此术并非权术，而是写文章的本事，将自己的思想和学问表达出来而又表达得恰好的真正的本事；当然，思想和学问还是第一位的。

黄裳是第二代散文作家中"有学有术"的代表之一。我尤其佩服他的《绝代的散文家张宗子》，这真是"才、学、识"都臻极致的好文章，评述的重点虽在《梦忆》一书，称宗子为历史学家、市井诗人，却非有"得之于越东山中和丁氏八千卷楼"的宗子手稿和稀有刻本做底子，又下功夫研读过晚明文史者莫能为。他的文笔又极生动，如云："张岱是秦淮河上的常客，他对这种生活是非常熟习的，但也只有他在热闹中能看出冷静，喧笑中发现眼泪，他有一双与众不同的敏锐的眼睛。"又说："张岱实在是三百年前一位出色的'新闻记者'。"均有颊上添毫之妙。黄裳自己也是写过《关于美国兵》的，故深知记事状物小文中亦有佳作，比借鄙薄"报章记事"表示自己高明的人有更高的见识和更广的胸怀。

不久前送别了张中行先生，第二代散文作者也如晨星寥落了。黄裳先生恐亦年逾八旬了吧，《珠还记幸》和《河里子集》会和叶、谢、徐、梁们的作品同样存在下去么，我相信会的。

小记黎维新

"我憧憬的,是真善美……"

十九岁的黎牧星写这诗句时在一九四四年。那时报刊上常常发表新诗,年轻的黎他们是作者,更年轻的我们则是读者,作者和读者对诗都充满了追求和热情。

随后便发生了地覆天翻的变化。作者和读者都是真心欢迎这个变化的。孰知天下事乃有大谬不然者,开国大典前两天中午,我正给同时"参加"的几个男女生朗诵何其芳的《预言》,南下来的科长听到了,立刻沉下脸道:"啥玩意儿啊,念得这么起劲?有精神不休息,为啥不多读几遍《评白皮书》?"

一盆冷水浇得大家兴趣索然,人们立即走散。只有胆大的 C，转身前对我一吐舌头，扮了个鬼脸。

两个多月后，年终鉴定，科长在小组会上居然严肃地提出此事，给我记上了一条："小资产阶级的温情。"

这便是我"思想改造"的开始。在一九四九年前后"参加"的人，有谁不是这样"改造"过来的呢？老实说，当时的我倒是相当情愿接受改造的，但在这件事情上却不无委屈，因为这是何其芳的诗啊，又不是徐志摩、戴望舒他们的，更不是胡适、周作人的。C 这时不在长沙，也来信为我不平："寄上糖纸一张，花生米一粒，证明我也是小资产阶级，如何？"

"思想改造"要求严格，像我和 C 这样，改造得当然不会好。黎"参加"得早些，年纪也大些，改造得一定会好些吧，详细情形不大知道，只知道他大名黎维新，小个子，很清瘦。本来嘛，鲁迅说过，"瘦的诗人将眼泪擦在最末的花瓣上"，诗人总是瘦瘦的嘛。

黎很快就调离了报社，从此不通音问。一九七九年我"落实政策"后到了出版社，才又见到他，已经当社长了。我和他住贴隔壁，透过气窗彼此可以知道对方关没关灯。同事了好几年，了解得多了点，但是在离休以后，他又写了不少诗，印出了《夕阳风情》诗集，我却是最近才知道的。

十九岁的黎"憧憬的是真善美"，如今八十多岁的他憧憬的还是真善美，这并不是从他的诗中，而是从这些年他做事、待人和生活各方面看出来的。做事他未必特别能干，却特别认真；待人他不会用手段，却很重感情；生活上他不精算计，却很少逾矩。他当然不是真善美的完人，但至少可算是一个认真、向善、爱美的人，一个憧憬真善美的人。

有些事无妨在此说说。编辑"走向世界丛书"时，我想快点出书，别的社长终审只观其大略，他却要一页页看。有篇我写的导言四万多字，已在《历史研究》上发表过，送去给他终审时，便建议他别看了，马上签字给我。他却说："不看就签字，岂不是走过场？还是看看吧，反正明天不误你发稿就是了。"结果他的灯亮到凌晨，硬是审读完了全文，还查对原书，改正了一处引文的错误。这就是认真。

做出版官，官虽不大，有权还是可以谋点私，威风还是可以抖一抖的。有人把家属亲信都安排进来了，老黎却没援例。有的人架子十足，动辄训人；有的人看起来不恶，但谁不巴结他，小鞋准给穿上。老黎却无此类恶行，故人以"黎婆婆"称之，喜其慈眉善目也。我则尤重其对一位保育过他的孤寒老师的照顾，从养老直至送终造墓。这就是向善，看似平凡，也不是人人做得到的。

老黎为人低调，不喜张扬，却很注意保持自身的洁净和美好。孔子说，找不到最理想的朋友，就找"狂"和"狷"的吧，"狂者进取，狷者有所不为也"。黎绝不"狂"，却"有所不为"。八十年代初分鱼分橘子，他身为社长，却常将人家挑剩的作为自己的一份。集资建房，他不要，连可以拿几万元转让给别人的分房指标也不要了。无所不为的人不怕丑，有所不为的人才怕丑，怕丑也就是爱美了。

真善美是很高的境界，也是平凡的真理，可于普通人的日常行为中见之。黎维新本只是个普通的人，不过能入官场而不染，历尘世而保持对真善美的憧憬罢了。孟子曰："大人者，不失其赤子之心者也。"这话看来得改一改，如今的大人先生们，若"不失其赤子之心"，又怎能"大"得起来呢？有人将它改为"诗人者，不失其赤子之心者也"，我看还差不多。诗人虽不必去将眼泪擦在最末的花瓣上，爱真善美之心却是不能没有的。老黎能够"不失其赤子之心"，老来还能写诗，而且写了这么多，作为一位老同事，尤其是又做过"官"的人，在我心目中，这就非常难得了。

悼亡妻

妻亡于二〇〇七年一月二十一日,当天发出的哀启,是匆匆写成,由周实和王平两位朋友帮忙快印发出的,全文如下:

我妻朱纯已于本(二十一)日凌晨二时去世,终年七十九岁。

零四年十月朱纯查出癌症,当时即已扩散,预告凶险。她却从容面对,说"五七年没打垮我,七零年没打垮我,这次病来得凶,人又老了,可能被打垮,但垮我也不会垮得太难看,哭哭啼啼"。零五年九月她预立遗嘱,说她只要能动,就会活得快乐。两年多来的情形，确实如此。

朱纯一九二八年生于长沙河西，四九年八月进报社当记者，五三年和我结婚。五七年后夫妻协力劳动维生，她成了五级木模工。"文革"中我坐牢九年，她独力养大了几个孩子，送了我母亲的终。五十四年来，她照顾我和孩子远比照顾自己为多，最后对我说的一句话还是：

"你不要睡得太晚。"

朱纯一生朴实谦和，宅心仁厚。我的朋友都是她的朋友，对我有意见的人对她也没意见。连家中的保姆，无论去留，从没有说她不好的。

朱纯能文，但无意为文，离休后才偶然写写，有《悲欣小集》，亦不愿公之于众，只印示生平友好。病后这两年多，她却发表了不少文章，最后一篇《老头挪书房》刊载于本月十一日《三湘都市报》，文中仍充满对生活和亲人的热爱，她自己却在文章见报十天后便永别亲人和生活了。

此时此刻，我和女儿们自然是极为悲痛的，但仍谨遵遗嘱，只将哀启发送给至亲好友和关心过她的人，不举行任何仪式，家中也不设灵堂，请大家不必来函来电更不必亲临。只请知道这回事：朱纯已走。

如果觉得她还好,是个好人,在心里记得她一下,就存殁均感了。

也是因为有朋友帮忙,三百份哀启,一上午便寄发完了。

朱纯从来是一个快乐的人,虽罹恶疾,仍能不失常态,最后一次进医院之前,也不怎么显露病容。入院前半月还曾下乡游玩,和我商量想在乡下找一间小屋住住,说"这不花多少钱,但得装上宽带网,好在电脑上和女儿、外孙女儿见面交谈,再写写文章"。

生病的这两年,的确是她写作最多的两年,一直写到去年年底的《老头挪书房》。

我于妻去世后出版的《青灯集》,一百二十三篇文章中的一百一十篇,都是妻在病中帮我打印,有的还帮我修改过的。她走了以后,过了八十天,我才勉强重拿笔杆,不到两千字的《谈毛笔》,前后竟写了四天……

朱纯病中还催着我"挪书房",即是将客厅改为一间大书房,把挤在内室里的书大部分搬出来,腾出两间"工作室"。她原有一台电脑,又叫女儿买来一台,督促我"总要学会用才好"。可是如今,两台电脑搁置在两间空荡荡的"工作室"里,我则只能像杨绛先生来信劝勉的那样,"且在老头的书房里与书为伴"了。

锺叔河出狱后与朱纯和一、二、三女游公园

妻走了,五十多年来我和她同甘共苦的情事,点点滴滴全在心头,每一念及,如触新创,总痛。

《青灯集》印成后,南方冰冻,运输不通,幸得有关同志特别关照,以航空快递寄来,才使我能以新书一册,送到她托体的山树下,以此作为她的周年祭。当时我在心中反复默祷着道:

"朱纯啊,我不久就会来陪伴你的,你就先在这里看看书,好好地休息吧。"

【附一】看守所月夜不寐作

明月照铁窗　隔窗看月色
不知我的妻　可看今宵月
结褵十七载　而今隔铁窗
不能共温暖　共此明月光
月光下窗来　照进此牢房
平方卅六米　高低十二床
我羁此房中　已历一寒暑
可怜我的妻　柴米独辛苦
月光照深房　鼾声渐寥落
众囚皆睡熟　唯我睡不着
月光上我床　照见我棉衣
殷勤亲手制　送来我的妻
月光驶不停　匆匆去窗外
不觉秋夜长　但觉月光快
窗外天地宽　月落一时黑
摸索起披衣　坐等东方白

【附二】朱纯：老头挪书房

搬入这栋高楼近六年，算是有生以来住得最宽敞的。装修由老头一手操办，他做过木工，有这方面的爱好。装修后，朝南一间客厅，一间主卧，还有一间做书房。书房三面都是顶天立地的书柜，他就在这三面墙中坐、躺、读、写，因为阳台宽，光线暗，整天开灯，日子一久，就觉得不舒服了。

于是他便挪到北边他的卧室里去工作，这间房子较小，开了个单人床，摆了两个书柜，又放上一张书桌，来了朋友，只能坐床上，女同志总觉不便。家里的书又越来越多，自己买的，别人送的，到处都是。夸张一点说，简直到了脚都没得地方伸的程度。于是他又有了个想法，想在附近买套小点的房子，专作他的书房，我也赞成，便到处去看房子。

就在这时，我体检发现得了乳腺癌。这一下他比我还紧张，原来的想法立马冰化雪消，一家人都为我治病操劳。紧张了一年，我的病情逐渐稳定，居然还能写点文章什么的了。老头也慢慢恢复了神气，又来和我商量，还是要把客厅改成书房，说是我们家的客人多是谈书看书的，来了客反正不能伏案,这样做正合适。我嘴上没反对,心里却说:你也七十多了,还劳神费力做什么。但转念一想,他的父亲活到九十岁,母亲也八十多,长寿因子一定会遗传,肯定还活得几年十几年,便同意了。

就这样,客厅里的大型布艺沙发、玻璃茶几、电视机柜、装饰柜……通通都给女儿搬走。连我买来的一棵巴西木,几年来却长得特别高大,一直冲到天花板,也送给朋友去了。三十平方米的大厅,最后只留下一张台球桌。

厅屋腾空以后,老头就忙了起来,东量量,西量量,左画右画,设计好找人去做。花了一个多月时间,做好的木器才搬进来。东西两边全是书柜,东边一排中间放电视机,顶上的格子放工艺品。朝南的大窗户下面则是一排矮柜,里面放特大开本的图书,还"组合"了卡片柜、文具柜,电话也移到了矮柜上。和矮柜成T字形放着一张大书桌,又配了两张可以拉动的矮方桌。我常常笑他"獭祭鱼",写篇千字文,也要摊开好多书,这里查,那里找,"抄都没有你这样不会抄的"。如今总算有了摆书的地方,可以放开手脚"抄"了。一下子增加了上十个书柜,原来挤得一巴焦的书,从此各得其所,都有了归宿。

他的"自由"也带来了我的"自由",如今老书房便由我独享。早几年我学会了电脑,在电脑上看新闻,查资料，同波特兰的女儿，洛杉矶、费城、凡尔赛各处的外孙女，以及省内外的亲朋好友们聊天，一切随我。活到七十七岁，我终于也有了一个自由的空间，这都是老头挪书房挪出来的结果，讲老实话，原来硬是想都没有想到过的呢。

两棵树

郑宝雄画展，我在《两棵树》这幅画前停留的时间最长久。

苍褐色树干上纠结的纹理，那是纵的年轮，看来它们确实是老了。枝柯交错，互相传递着力量，彼此搀扶支撑着站在一起，真不知道承受过多少烈日严霜。只有飘零在黄土地上的片片落叶，也许还记得晨曦给它的温存，轻风给它的爱抚……

我陷入了深深的沉思。

细读画家自己的题诗时（自题诗句本是中国画的传统，如今已极少见），在下面这几行诗前我又长久地停了下来：

也许有一天
一棵会死去
那另一棵
还会陪伴它的枯枝

看着看着，我心里忽然感到悲伤，眼睛也模糊了。我想，这恐怕就是诗和画的力量，也就是人们常说的"艺术感染力"吧。

郑宝雄 《两棵树》

当然，如果朱纯还在，恐怕我便不会如此软弱了。

其实我是最不会欣赏艺术的。读小学时，因为唱歌分不清多梭，跳舞要人搬脚，即被老师和同学公认为缺少艺术细胞。从此自知不行，凡属艺术问题，一直敬谢不敏，绝不发表意见，因此也省掉了不少麻烦，正所谓塞翁失马。这次参观郑宝雄画展，出于偶然，居然触发了这一番感觉，写下了这几行文字，连我自己亦不能不感到意外，也是其画与其诗确实有感染力的证明。

六十年前过湘江坐划子，即一种靠人力荡双桨的小木船。那时候江水还清，夏天坐在船舷，将手伸入江中，清凉的江水从皮肤上轻轻地滑过，通常都很快意。可是有一回，不知是刚读过义山诗还是《茵梦湖》的缘故，心中充满了怅惘，这感觉所引起的思绪却是：我的生命，还不是会和这江水一样，一刻也不停地流过去，流过去，什么痕迹也不能留下吗？于是突然感到了痛苦，回家后整整一夜无眠。

此次的情形，在触景生情这一点上，与那一回有些类似。我想，能够将此情此景用笔表现出来的，恐怕只有诗人和画家。至于我们普通人，尤其是像我这样缺少艺术细胞的，有机会看一下，体会一下，也就差不多了。

父亲的泪眼

我这一辈子,只见父亲哭过一回。

那是一九四九年六月,我在长沙文艺中学读高二,是校内公认的"左"倾学生。本来到了放暑假的时候,但地下党要求学生"留校护校",说是快解放了,要留下来保护校产。学校里的三青团则坚持如期放假,要停止开伙,分掉伙食节余,于是打了起来。现在我右眼眶眉棱骨处的旧伤痕,便是当时被打的痕迹。

头破血流地被送进医院,校长通知了父亲。躺在病床上看到他推门进来,直勾勾望着我的是一双泪眼。在床边坐下后,只哽咽着说了句,"打成了这个样子",他就哭出了声。我这一辈子,只见父亲哭过这一回。

父亲是个读书不少但对世事了解不多的书呆子。一九五八年，我打成右派被开除，要送劳教，按"政策"可以申请回家自谋生活。找父亲商量，他却说："我看去劳教也没什么不好，就当成是出国留洋好了。"从前有条件的人家，子弟结婚生子后，才会送出国留洋。这时我也结了婚生了孩子，所以父亲这样说。他以为去劳教和去留洋差不多，都是离家几年再回来做事，我真被他弄得哭笑不得。但结果他还是依了我，向统战部写信，将我接回了家，"交由家庭和当地居民委员会在政治上加以监督"。

一辈子最感激父亲的倒并不是这件事，而是小时候他不管我，让我自己看书，不像别家小朋友，连环图画都得躲着看。我与父亲之间的代沟很宽，他五十多岁才生我，相差两代人。从年龄上讲，他是我的祖父辈，"丈夫爱怜少子"，所以对我一点也不严。从四五岁开始识字看书起，我想看什么书，爱看什么书，都可以，他基本上不管。

父亲是光绪四年的人，应科举成了"佾生"，又进时务学堂，是梁启超的学生。后来他学数学，教数学，我的数学偏生学得不好。他晚年读庄子，读佛经，有时叫我跟着读，我也读不懂。

说是说不管，但父亲还是很关心我的。差不多十岁时，在平江老家，父亲有次从长沙回来，发现有位堂叔父给我看《金瓶梅》，是那种线装木刻有插图的本子。堂叔是有意要捉弄我，故意让我看那些木刻的"妖精打架"，我其实看不懂。父亲一见，问清了来由，抓起一根竹杠子就追着堂叔打，却并没打我。

那次父亲真是生气了，满脸通红，厉声责骂他的堂弟："你要害我，也不能这样害哪，下流坯子！祖宗有灵，也要你不得好死！"

现在想起来，老家中的那位庆叔也确实荒唐，他比父亲至少要小二十岁，"读书不成"，当"少老爷"，几次从妓院里讨回姨太太，过一两年又"打发"走，父亲从来就不许我往他屋子里去的。老家那座大宅院够糟的，但父亲早就离开了老家，在外面读书、教书，直至解放后成为文史馆员。

父亲是一九六五年秋天去世的，享年八十八岁。和他同活在世上的三十五年中，我就只见他哭过这一回。

他老人家去世已经四十七年，我也年过八十，快要接近他去世的年龄了。直到如今，每当想起父亲时，浮现在我面前的，还是老人家的一双泪眼。

老兄八十八

老兄八十八　老弟来贺寿
一贺有孝女　生日给你做
二贺孙儿强　能将环境救
三贺朋友多　献诗唯恐后
弟本丑小鸭　也将一首凑
晚景得如此　还有谁能够

老兄八十八　欢乐亦曾多
从小母偏怜　儿头常抚摸
毕业得头名　老父笑呵呵
弱冠作远游　倾囊一曲歌

美女聚如云　看煞卫玠哥
忆及少年事　喜极泪婆娑

老兄八十八　吃亏很不少
兵燹苦流离　病魔相缠绕
龙门刚一跳　恶浪如山倒
政协当委员　"文革"罡风扫
瞰室鬼何多　运动年年搞
幸亏八字硬　最后笑得好

老兄八十八　如今得太平
精金经百炼　炉火早纯青
悲欢都历尽　心境自清明
纵有汤时旱　杨枝水一瓶
洒向三千界　欣欣万木春
手足扶持稳　放眼看归鸿

词三首

临江仙·题仲兄词稿

莫笑无多华丽句
篇篇都是伤心
此生滋味太酸辛
才经离别苦　又送别离人

春去秋来容易过
总愁花落匆匆
激情热血已全倾

弟兄俱老矣　且看夕阳红

苏幕遮·题义侄家庭影集

神鼎山　伤心地
少小离家　叔侄如兄弟
六十年来泥带水　一路行来　真是谈何易

恨韶光　无留意
喜得妻贤　从不生闲气
对镜簪花犹未晚　且乐天伦　不必忙归计

清平乐·题红白牡丹

东风软软
吹笑姑娘脸
白白红红颜色浅
万绿丛中几点

不输魏紫姚黄
何须打扮梳妆

小小一帧图画
深深十丈春光

　　堂侄幼失怙恃，幸知努力，又得贤妻，育子成材。今夫妇赴美探亲，题此送之。神鼎山为平江老家，叔侄童时歌哭处也。

唁彭燕郊

彭燕郊长我十一岁，八十八了，遽尔辞世，得讯愕然，因为春节打电话来拜年，他的声音还是那样爽朗；继而怃然，觉得认真写作者又少了一个，尤其是写了一辈子七十年的，恐怕真的已经为数无多了。

几年前黄永玉来长沙，约彭燕郊、朱健和我三人吃饭闲谈，彭的谈锋最健（本也只有他跟黄认识最早）。黄对他说："还记得吧，你最早的诗集，封面还是我画的，那也是我最早画的封面啊。"这引起了他二人对文坛旧事的回忆，慢慢便谈到了如今人称"大师"的某某某，说他五十年前为大人物供奉春药，又将大人物同众人合影中的众人抹去，只留下大人物身后的自己，拿来四处炫耀，终于获罪，根本不是因为反"四人帮"才坐牢的。于是引起一阵哄笑，这是讽嘲大人物的笑，是鄙薄奸佞者的笑。彭的年岁最大，笑声却最响亮，精神特好。

在那次以后，我跟彭又有过几次同席或同车时的交谈，谈勃来克，谈劳伦斯，谈戴望舒，也谈胡风，他的兴致都极高。有次我表示不喜欢胡风，虽然五五年挨整的罪状之一便是"竟说胡风不是反革命"；不喜欢胡是因为胡其实更"左"，周扬还要朱光潜和沈从文，胡却认为不该要。彭是老"七月派"，又谈得正在劲头上，却没跟我争辩，这看得出他颇有容人之量，对于满口伊里奇约瑟夫的理论和苏联的"文艺政策"，也未见得那么认同。而他对外国某些作品和作家的博识，则更使我叹服。他说家中藏有印度的《爱经》，阿拉伯的《香园》，还有日本的画册，欢迎我去开开眼界。因素性疏懒，迁延未去，如今天人永隔，想去也去不成了。

在我心目中，彭始终是一个生气勃勃的老少年，从未显露我身上早就有了的暮气和老态。他兴致勃勃地谈话，兴致勃勃地交友，还兴致勃勃地买书。有回在书店里，他一买便是一大堆，也不管有没有人开车送，还对我说，刚刚从别的店里买到一本你的《儿童杂事诗笺释》，看了看，觉得很好。我说，何必买呢，送你一本就是。他说，还是几年以前印的，样书早送完了吧。这使我有点不好意思，于是在他来电话拜年时便说，要送本《青灯集》给他，随即托某君带去。某君因生病耽搁，送到时彭先生已经病亟，听说还亲手拆开了包封，拿出了书本，唉！

彭是著名诗人，诗如其人，也是生气勃勃的。近年他诗作更富，诗思更新，在诗中完全是一个活泼泼的生命，谁知竟说走就走了呢！不说什么震惊与悲痛之类套话，刹那间充塞在我心间的，只有一种感觉，人生无常，太无常了啊……

英国学者哈理孙女士八十多岁时写回忆录，说她年轻时仿佛觉得自己是不会死的，极其执着和勇敢，敢于抗拒任何人或神鬼或命运，如果它们想来要她死；老后则一切都改变了，想到死时，只将它看作生之否定，看作"一条末了的必要的弦"，故并不怕死，怕的只是病，"即坏的错乱的生"：

> 可是病呢，直到现在为止，我总逃过了。我于个人的不死已没有什么期望，就是未来的生存也没有什么希求；我的意识很卑微地与我的身体同时开始，我也希望它很安静地与我的身体一同完了。

这种低姿态实在是我心向往之的。接下去还有两句诗：

会当长夜眠　无复觉醒时

更使我低徊咏味，俯首降心。

　　我想，对"生"的执着和勇敢，比起哈理孙老太太来，彭绝不会逊色。老太太对于"死"的态度，见诸上引几行文字和诗句，颇带灰色，我虽佩服，当过新四军宣传员并以此为荣的彭则未必能够赞同。但我觉得，彭说走就走，也逃过了病，逃过了"坏的错乱的生"，其福气实不亚于哈理孙；加上他又曾经如此兴致勃勃地生活过，这兴致差不多一直保持到了最后，更为难得。那么，在长夜眠中的他，应该也会得到真正的安息，不会再有什么遗憾和不安了吧。真的，如果我死时也能如此，我是会十分满足的，故以此唁彭燕郊，并慰己怀。

一位有疵有癖之人[*]

张宗子云，人无疵不可与交，以其无真气；人无癖不可与交，以其无深情。于武臣爱荷花爱得入了迷，人称"荷痴"。痴便是疵，反正和标准件有点不一样，对于他这个做革命螺丝钉做了六十多年的人来说，不一样即不合格，不可能"无疵"。因为爱荷，要替荷花写真传神，他又竭力研修摄影艺术，为了掌握高纬度处光照下的花影拍摄方法，听说最北疆某处有野生荷花，八十岁的他立马背上照相器材往黑龙江跑，说他上了瘾，成了癖，也名副其

---

[*] 于武臣摄影集《梦入芙蓉浦》（二〇一〇年十月中国艺术出版社）的序文。

实。既有疵，又有癖，三百年前的"绝代散文家"亦可与交矣。

疵和癖都是病字头的字，愿与有疵有癖之人交，岂不是一种病态吗？非也。张岱所重者，其实乃是癖后面的深情，疵后面的真气。于武臣若无深情，则不会热爱自然，热爱荷花，热爱大自然中的美；若无真气，则难以勤学苦练，废寝忘餐，非拍出技术高、难度大、尽善尽美的荷花照不行。这一册《梦入芙蓉浦》，便是他深情的升华、真气的结晶。

二十世纪五十年代，于武臣曾是朱纯的采访对象。五七难后，他在开福寺廊下踩大布，我在文昌阁街上拖板车，见过面却未通一语。那时人人都得做螺丝钉，谁都不敢显出自己是个异类，更不敢搞什么创作，我一度不蓄纸笔，于家恐怕也不会有照相机吧。及至握手言欢，喜见朱正作序的《于武臣摄影作品集》时，彼此都早已离休，"感慨灯前两白头"了。

我是一个缺少艺术细胞的人，看于武臣拍摄的荷花，只是觉得好看，甚至觉得很美，有的还能引起我的想象，使我依稀感受到作者的寄托和用心，却非常惭愧无法用"内行话"作艺术的评述和分析。我能够说和愿意说的，其实只有一句话：我喜欢这册《梦入芙蓉浦》，喜欢于武臣这一位有疵有癖之人，也是喜欢他的深情和真气——对荷花，对人与自然，对这个时代和世界的深情和真气。

二〇一〇年五月三日于湘雅医院二十四病室。

浣官生的文章[*]

同浣官生交好，开头不是由于他的文章，而是由于他的为人。六十年前新干班，至今能经常联系，保持交情，以至老而弥笃的，在旁人（包括我），这样的老友总不过两三个，多则四五个。老浣住房不宽，去他家聚会，留饭者却总是挤满一圆桌。在那里，还常常遇见他的中学同学、大学同学、教书同事、学生家长，以及给他治过病的老医生……这就足以说明，老浣为人和善，大家都愿意跟他交朋友，而且交得久长。

---

[*] 《浣官生文存》（二〇一〇年十二月湖南文艺出版社）的序文。

老浣一米八的个子，相貌周正，却谈不上漂亮，更糟的是上世纪五十年代初便开膛破肚割掉一叶肺，成了"边驼子"。但在他丧偶若干年后，还有从前读高中时的女同学（当然是成了遗孀的）天天给他打长途电话，想和他白首盟心，好不容易才婉言谢绝。即此小小插曲，亦可见老浣之有人缘、得人心了。

老浣一九五二年便因病离开了报社，后来我愿意跟他往来，的确是因为他的仁心接物、乐于助人。尤其在朱纯病中和去世时，他给我家的关怀和帮助，更使我感动。我不是一个像老浣那样善于体察别人、关心别人的人，却总还算得是一个愿意以善意报善意、以友情答友情的人，于是我们便成了朋友。

我非常乐见《浣官生文存》的成书。说老实话，在拜读全稿之前，我真不知道老浣写得出这么好的文章，有这么丰富的知识。他的文字实而不华，不炫耀，不做作，简洁明净，而又隽永有味，正如他的为人。

《文存》实际上由三部分组成：第三部分是浣兄旧著《史记故事精华》的续作，最可见其历史学的修养和见识；第二部分介绍麻将牌，富有风俗史和社会文化的意义；第一部分则全是介绍长沙城市史和居民生活的小文，最为我所爱读，只恨他写得太少。

听《长沙晚报》任波说,老浣近两年才给他们副刊写长沙掌故,唯愿他多写一些,唯愿他健康长寿。我对任波道,我和老浣都是八十老人了,人过八十,每活一天便是又多赚得了一天,何况他还在八十以后发表了这么些好的文章呢。

我不幸以文为业,实逼处此,势不能不比老浣多写一点。但正如韩愈《祭柳子厚文》所云:"不善为斫,血指汗颜;巧匠旁观,缩手袖间。"我不善为斫,早已心劳日拙;老浣旁观缩手久矣,能牛刀小试,成此一册,虽不很多,亦胜于我,这是我真心高兴的。

二○一○年五月二十三日,出病院后第六日于念楼。

哭杨坚

杨坚女儿来电话告知老杨逝世，明知人固有一死，小于老杨八岁的我，亦未必能再活八年，但想起他年已八十七，又身患癌症，当编辑一直当到以身殉书，最后离开办公室时还依规矩请假，心里真不好过。又想起他一直要我为他写篇文章，多少年了，一直没写，更加不好过。于是在电话里头说，我这次一定要给你爸爸写点什么，虽然不一定写得好，当晚便写成了这样一副挽联送去：

剖心胸酬古国千年，君应无憾；
涂肝脑成新书百卷，我实多惭。

这里需要作点说明：老杨是一九四九年的南下干部，却背上了拖累他大半辈子的历史包袱，只能用几十年兢兢业业、毫不懈怠的忠诚表现，才得以归还清白。中国读书人本有忠爱的传统，屈原在"荃不察余之中情"的环境中，仍然"虽九死其犹未悔"；司马迁"大质已亏缺矣"，还在想将编著"藏之名山，传之其人"，真是"剖心胸"也要酬偿千年古国的陈年旧债啊！老杨继承了古代读书人的传统，他既懂传统学问，又守传统道德，来出版单位三十多年，终于用行动和事实证明了自己是"芳草"，争得了该得的"嘉名"，如今大去，应无遗憾。但回顾他几十年"苦难的历程"，仍不禁使人感到悲凉，为之一哭。

老杨三十多年来埋头编书，呕心沥血，说他肝脑涂地，实不为过。他编的书，《郭嵩焘日记》原稿二十余卷，《船山全书》曾氏旧刻凡三百二十二卷，称为"百卷"，毫不夸张。这两部书的编辑工作，确实达到了我所见到的最高水平，比如郭氏日记光绪三年八月十一日记云：

> 铿弗林斯法尔齐立法尔姆安得科谛费格林升阿甫英得纳升尔那参赞诘生及立觉尔得寄示在安多威尔伯地方会绅达摩生宣发一段议论……

这开头的"铿弗林斯法尔齐立法尔姆安得科谛费格林升阿甫英得纳升尔那"二十七个字的意思是什么呢？老杨将其还原成英文并予汉译，普通读者才能看懂是：

Conference for the Reform and Codification of International Law（修改编纂万国公法会议）

似此者书中多达数百条。光绪年间翻译没有规范，郭氏丝毫不通英文，全凭湘阴口音用汉字记录英语，要来还原正译，难度可想而知。尤其是专名如"哥弗来兑"之为"Good Friday，耶稣受难日"，"瓜得利类非有"之为"Quarterly Review，每季评论"，如果要我来做这件事，真比鲇鱼上竹竿还难。

当然，智者千虑，亦难免一失。我曾在初版郭氏日记第三卷上用红笔标记若干处质疑，老杨则用蓝笔一一批答，偶尔亦有批"好！"和"所正极是"的。如光绪三年（1877）九月二十日记：

又有挨尔奢耳六十一万七十［千］八百五十吨，价值三十一万九千八百五十三磅［镑］。

"挨尔奢耳"原注作"Oil Shale，油石"，我指出这里的中文译错了，"油石"应是"油页岩"。因为日记下文明谓"其形似煤，而无火力，西洋人用以炼煤油"，正是咱们广东茂名地方也在开采炼油的油页岩；"油石"则是用金刚砂制造成的一种研磨工具，呈各种长条形，通常成打成箱，决不会按吨位计价的。后查陆谷孙主编的《英汉大字典》，证明了我的说法，老杨便从善如流，欣然接受了。

这一卷日记还保存在我家，至今只有老杨和我两个人看过。老杨所还原今译的好几百词条，我提出质疑的不到十分之一，质疑能得到老杨首肯者则不到百分之一，九牛一毛，其细已甚，实无伤于编校工作的整体高水平。俄罗斯有一句民间谚语说得非常生动，"鹰有时飞得比鸡还低，鸡却永远不能飞得鹰那么高"，用来形容，正是恰好。

平心而论，《郭嵩焘日记》和《船山全书》，还有老杨所译《希腊罗马神话》，的确可以作为湖南出版图书中的范本。《船山全书》为了求全尽善，更耗尽了老杨半生的心血，真可说是锲而不舍，死而后已了。作为同业同事，实际工作上很少给他帮什么忙，某些场合也没能为他讲公道话，想起来真的感到惭愧，这就是挽联末了说的"我实多惭"了。

《希腊罗马神话》八十年代初版，杨兄即曾相赠，想要我看看，写篇书评。当时随口应承下来，却因为希腊神话早年读过周作人、郑振铎、楚图南诸人译本，不大想再从头来读，又不习惯没细读全书就来凭空饶舌，便一直延宕下来，终于没有交卷。几个月前，大约是去年十二月初间吧，又收到老杨托人送来的再版本，还附来了下面这封信——

叔河兄：

久未联系，只一次在电视上得睹丰采，肌肤似稍宽弛，然舌华快捷，语调神情平生一贯，不啻亲觌，佩而且慰。我的希罗神话最近再版，奉赠一册留念。有名家偶赞其译文者，所欠惟念楼之品题耳。

你身体好否？闲中以何消日？我周一至五上班，为《船山全书》再版重读改正错误。惟觉老年喘嗽，出气不赢，馀无大碍，可请放心。此册托社里找人专呈，当可妥收。专此并颂

研安。

杨坚　上

信末附注了电话号码，立即拨打过去，告知来信收到，会有回信。接着便给他写去了这样的两页：

"念楼之品题"终于缺席,我应该向你道歉。但即使不缺席,我写的也绝对达不到孙犁、罗念生、张舜徽的水平。从后记中见到了他们三位的文章,知道你的书已名重译林,我的歉疚之心也可以少安了。

现在却有一句比道歉还要紧得多的话要对老兄说,你已年过八旬,又身患重病,"喘嗽,出气不赢"绝不是什么"无大碍"的小事,而是生死攸关的大事。建议你立即停止"周一至五上午上班",立即住院治疗。当然,我们这些七老八十的人,迟早总要死的,住院治疗也不能不死,但总可以缓解点"出气不赢"的痛苦,使你和关心你的人觉得好过一些。

《船山全书》校改的工作,我看也不必再做了。古人云,"校旧书如扫落叶",总是不能彻底扫净,一劳永逸的。(此指学术校订,至于抄录排字,则是可以而且应该校对无误的。)去年还是前年,偶与唐浩明接席,问起你病后情形,他说还在上班。当即托其带上便信,抄奉了一句俗话,"满山的麻雀是捉不尽的",想已见到。如今再讲一遍,请不要再跟麻雀拼老命了吧!这句话如果不讲,那就比"品题"缺席更加对不住老兄了。

收到信后,老杨有电话回复,细声细气地说了几声谢谢,但还是"没法像你那样,拿得起,放得下",书还得校下去……

于是,这便成了我和老杨最后的交谈,上面那封信也成了老杨给我的最后的遗墨。我想请大家看一看他这封信,看看他的辛勤,他的执着,他的爱工作胜过爱自己的精神,还有,在这一切后面的别的值得更深长思的东西。

蔡持中[*]

我参加工作较早,十八岁就以文字为职业,现年已八旬,尚未完全搁笔。但在这六十二年中,也有二十二年与文字绝缘,干的是搬运工、仓库工、模型工、绘图工。因为绘图,得识蔡持中君。

那是在长沙市城南区"新兴街道"所办一家玩具厂的"绘图车间"。绘图本是案头工作,而称车间,可见当时风气。蔡君为车间负责人,他北航毕业,共青团员,原在沈阳飞机制造厂工作,是"三年困难时期"申请退职的。这样的身份,比起"摘帽右派"的我来,可谓天隔地远。蔡

---

[*] 《蔡持中自述》(二〇一〇年十月自费印行)的序文。

君却毫无街道干部党团员常有的"主人翁感觉",并不视我为贱民、奴工,而能平等相待,和平共处。在五十年前"以阶级斗争为纲""与人奋斗其乐无穷"时,可谓难得。

就是因为这一份难得的感觉,几十年来,我和蔡君一直保持着交情。虽然这交情并不怎么深,也并不密切,一年见一两回面,交谈一两小时,"君子之交淡如水",大概也就是这样的吧。

蔡君小我四岁,也是七十五六的老人了。他的自述即将自费印行,要我写几句话作为纪念。我想,人生一世,如何过活,如何行事,如何待人,就像不停地在给自己画一幅自画像。这幅自画像未必能画得多么美,多么光彩,只要画出来不太难看便不错了。蔡君用他工程师的笔墨,真实地、准确地描绘出自己一生的经历,给我留下了不一般的印象。这与其说他"画"得好,不如说他的"像"本来就好,人性上本来就有光辉的亮点。比如说,"大跃进"中他探亲回南方,听说有的地方人吃人,归厂时路过北京,便到新华门去向中央提意见,终于不得不"申请退职"。这样的事情,就不是别的年轻工程师做得出来的。所以我说,蔡君的这幅自画像,画得一点也不难看,不仅不难看,而且颇有动人之处。

总而言之,我所知道的蔡持中君,称得上是个好人。

在正常的年代里,做一个好人也许不太难;在不正常的时候尤其是"率兽食人"的环境中,能够坚持做一个好人,却是不太容易,甚至很不容易的。

二〇一〇年九月四日于长沙城北之念楼。

刘志恒[*]

刘志恒从一间商店门市部退休以后,生活得很精彩。六十四岁的人了,在网上交朋友,写文章,还兴致勃勃地在自家房顶上种丝瓜,两次摘下嫩丝瓜送来给我吃。他确实是一个不屈服于挫折和打击的人。

四十年前大革文化命,我和刘都以反革命罪名,从长沙被押送到茶陵洣江茶场服刑,在那里共同生活过几年,经历了难忘的岁月。他本是个"响应伟大领袖的号召,积极参加文化大革命"的初中生,只因画漫画时出于顽皮,在画中人物下巴上画了一颗痣,就成了"反革命",究竟

---

[*]《刘志恒文集》(二〇一〇年自费印行)的序文。

家庭出身好，于一九七四年就甄别出狱了，我则又劳改了五年。

先后回到长沙后，我们"相忘于江湖"，直到前年才重新见面。

他给我看了他退休后写的文章，大半都是日常生活的实录和感受，看得出他对社会对人生的认识，四十年来已经有了很大的深化和提高。更可贵的是，他的情绪一直是昂扬的，不屈的。我很佩服他这种自行其是、自得其乐的精神，很乐于见到他继续写文章，一直写下去。

二〇一〇年九月四日，时年七十九岁。

老戴的背影

老戴对我示过好,帮过我的忙。但我怯于出行,拙于交往,三十年来,跟他的接触并不多,留下的印象却不少。如今他先我而去,为他出纪念集,采及葑菲,自当勉作小文,以为惜别。

一九八一年第十二期的《读书》杂志,封面头条《关于"走向世界丛书"》,第一作者署名戴文葆,是为我和老戴接触之始。同期还刊有我的一篇,系沈昌文、董秀玉两君约写的。料想戴文亦是命题作文,而笔端多带感情,如:

> 对编者锺叔河同志,素昧平生……(他)曾托危崖,餐风饮露,在无望中执着希望,当束手时不甘负

手……生活如此绰约多姿，胜似学院寒窗青灯黄卷，石田里居然长出了惹人怜爱的花朵，成为那逝去的时代的小小的纪念。

读后深以其实难副为愧，"惹人怜爱"四字尤令我踟蹰不安。揣想作者必是过来人，"在无望中执着希望，当束手时不甘负手"，也许半是夫子自道。故能言之真切，而且饱含同情，却未必完全符合我的本心。虽然如此，素昧平生的我，对于他给予的这份关切，仍然应该珍重，并且表示感谢。

不久以后，便在长沙见到了老戴。那是省出版局邀请他和另一位老同志来湘讲学，正值都在为出版工作者争地位，极力提倡"编辑学者化"的时候。我在湖南人民出版社历史编辑室，忙着发稿看校样，实在无暇他顾。但老戴的演讲还是认认真真去听了的，和大家一样佩服他的博学。从孔夫子、司马迁、刘向讲到魏源、曾国藩、梁启超，所有的大学问家差不多都是大编辑家，材料摆在这里，事实就是如此。很看得出，老戴是在为全行业同人操心出力。

第二天，局里专人专车导游张家界，老戴却放弃欣赏"世界自然遗产"的机会，独自一人往浏阳寻访谭嗣同墓去了。他说，他编过《谭嗣同集》，正在编《樊锥集》，想多了解些那一代人的生活环境和身后的事。这种对自己所从之事的坚持爱着，对自己愿知之事的孜孜求索，使我十分佩服。等他从浏阳回来，便将其拉到家里，让朱纯做几样湖南菜，吃了餐便饭。这餐饭却没能吃好，一是湖南菜不能不放辣椒，老戴却不吃辣；二是老戴只能喝黄酒，我们却只备了白酒，临时去买，买回的是啤酒，又拿不出啤酒杯，只能让他用饭碗喝。幸好帮他从图书馆借得《沅湘通艺录》和《翼教丛编》的原刻本，并且复印好了可以带走，才得稍微尽意。

吃饭时，谈到"编辑学者化"。见老戴平易近人，我不禁放肆起来，说："编辑能不能学者化，要不要学者化，我不晓得；晓得的只有一点，我这个编辑是无法学者化的。"老戴不以为忤，反而大笑起来，连声"快人快语，快人快语"。大度包容，真不可及。

一九八九年秋后，岳麓书社一人一票选总编辑，我落选回了家，着手帮别的出版社编周作人。老戴为《传世藏书》编事到长沙，又枉驾寒舍一回。此时房子正在装修，十分凌乱，朱纯到美国女儿家去了，又碰上"秋老虎"，两个人坐在书稿堆中，汗流浃背。我说周氏《儿童杂事诗》丰子恺插画原图找不着，又还有三首诗原来就没插画。老戴立即表示，他可以向丰华瞻打听原图下落，找毕克官补画插图。很快便有了结果，原图确已不存，补画的三幅则寄来用上了。

一九九三年夏天，我因事到北京，在版协的会上，我俩又相见了。王子野同志叫我重印亚东图书馆标点分段的古典白话小说，急切间找不到原本。老戴得知后，自告奋勇帮我找。先到朝内大街人文社图书室，找不到又走北牌楼胡同去范用家。我想叫出租车，他却说："不远，不远，一下便走到了。"结果书未能找得，但胡同中快步向前走的老戴，他那单瘦的背影，旧纺绸短袖衬衫后心见湿的背影，每当心中想起，仿佛仍在目前，因得小诗一首相送：

    人生如寄死如归　事本寻常不足悲
    记得当年寻小说　为君一哭到坟堆

抽刀断水水长流

　　抽刀断水水长流　　语不惊人应便休
　　五十年来无限憾　　山林朝市各千秋

罗章龙自云此诗作于一九七八年,写成条幅赠我却是一九八八年的事。此时他已年过九十,但气色仍佳。

　　一九四八年在长沙,当时我正读高中,因家住河西湖南大学校区,假日常去湖大阅报室和学生自治会等处流连。有次路遇一位身穿灰呢大衣、戴着黑框眼镜、手拿几册图书的中年人。同行的湖大外文系学生雷君告诉我,此人为经济系教授罗仲言,他和另一位教授李达一样,过去都是共产党。

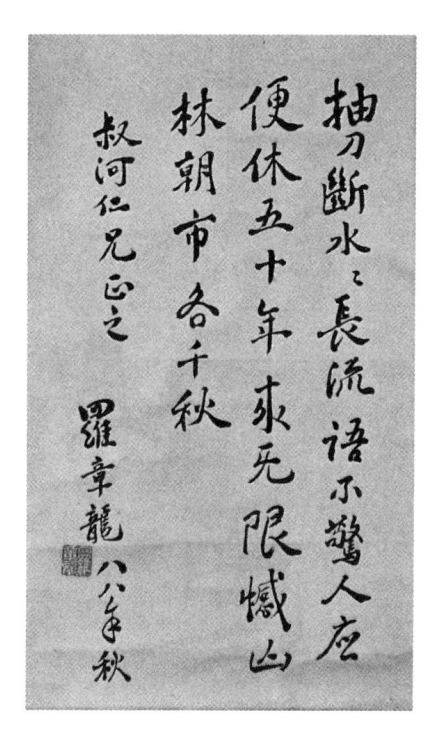

罗章龙赠诗《抽刀断水水长流》

罗仲言即罗章龙。他比毛泽东小三岁，一九一五年两人以"纵宇一郎"和"二十八划生"的署名结交，随后同组新民学会，同在北京与蔡和森、萧子升等"八个人聚居小屋，隆然高炕，大被同眠"（毛泽东《新民学会会务报告》）。一九二〇年北大建党，最初成员为李大钊、张国焘、罗章龙、刘仁静、李梅羹，李大钊负责领导，张任组织，罗任宣传，毛泽东则回湖南建党。一九二三年中共三大，毛、罗同时进入九人的中央委员会和五人的中央局。一九三一年六届四中全会，苏联将连中央委员都不是的王明硬塞进政治局掌握大权，罗章龙随即成立"中央非常委员会"对抗，被政治局宣布开除党籍。他于是进大学教书，成为经济学教授。

一九八八年八月，我带着岳麓书社出版的《椿园诗草》到北京去看罗章龙。他已被安排到中国革命博物馆当顾问，住上了"部长楼"，很热情地接待了我，主动给我写了这幅字。

但他写的这首诗却是《椿园诗草》中《炎冰室杂咏》九首之六，我看过了几遍的，于是便笑着问他：

"下一首还有两句，'众口悠悠安足论，吠尧桀犬本寻常'，看来你老人家的牢骚不小呀。还有'炎冰室'这个斋名，对世态炎凉恐怕也深有感触吧。听说你老早就申请恢复党籍，不愿跟李达那样重新入党，结果并不顺利，是不是啊？"

"没得的事，没得的事。"他也笑着，连连摇手。

"你老也不想想，建党党员，三届中委，你老这样的资历，若是恢复了党籍，位置又怎么好摆呢？"我还是笑着问。

"没得的事还要问，你也是匹湖南骡子，太倔了。"

话虽如此说，他仍然满面笑容。"语不惊人应便休"，看来他真是"休"了，一切都放下了，想开了。他一面笑，一面又拿出一本《椿园载记》来要送给我。这是三联书店一九八四年印的，内部发行，乃是他的回忆录，一九八五年已经寄给我了的，无须再要，便辞谢了。此书的第一节为《二十八划生"征友启事"》，最后一节中又谈到汪精卫误认他为铁路工人，向他表示"今后愿诚恳向中共工人同志学习"，可读性很强。

欣赏胡竹峰

胡竹峰文集取名《衣饭书》，前言缕述古今文人对他的影响，后记又说经过"岁月之手摩挲"，"懂得了不同衣饭、各自饱暖的珍贵"，"好文章是我写的，歹文章是我写的，好歹都是自己的"。这恐怕是他的甘苦之言。我则望文生义，以为将衣饭和书并列，或将书和衣饭并列，放在一起来看、来写，也颇有意思。

在古代文人中，我最欣赏张岱。他自为墓铭，承认"好鲜衣，好美食，好梨园……兼以茶淫橘虐……"；当然更重要的是他有一支写得出好文章的笔，给我们留下了《琅嬛文集》和《陶庵梦忆》中那些美妙的文字。我读《衣饭书》，其中《沉香》《耽食》《戏人》《馋茶》的某些篇，依稀仿佛。张岱死去三百多年了，"虽无老成人，尚有典型"乎？

我欣赏胡竹峰写清炒芥蓝：

> 上桌，眼前一绿，忽然觉得自己年轻不少。芥蓝脆生生躺在盘子里。白的瓷，白处极白；绿的菜，绿处极绿。白托着绿，绿衬着白，一段世俗生活便绝世独立地走来。

也欣赏他写从故乡带来的笋干：

> 是老家野生水竹的笋。一段段成丝条状，密封在塑料袋里。唯恐易尽，烧过一次笋干肉，便藏了起来。很多年前，我抽过水竹笋。回家后剥出笋肉，在开水里焯熟，再切成丝，放在竹匾里晒。晒成金黄颜色，一斤仅馀二两。

不知别人怎样，反正我是欣赏这种看似与天下大事无关的描写的。这也正是张岱的擅场，言不及义正是他文章的精义。周作人说过：

> 我们于日用必需的东西以外，必须还有一点无用的游戏与享乐，生活才觉得有意思。……喝不求解渴

的酒,吃不求饱的点心,都是生活上必需的——虽然是无用的装点,而且是愈精炼愈好。

我们过去实在太要求言必及"义"——"主义"了。胡适一九一七年说了句"多研究些问题,少谈些'主义'"(注意"主义"是加了引号的),即被骂了快一百年。其实,"主义"再好,要求"言必及",也就不好了。普通人并非特殊材料制成,所过的不过是普通的生活,穿衣,吃饭,睡觉,有时或者还看看书,在"主义"被发明出来以前,从来就是这样过的,本无须其"及义"。一定都要"及",真会受不了。"四人帮"之所以失尽民心,"天天读"实为其重要原因之一。如今石一歌式的"理论联系实际"和"文学为政治服务"是少见了,"文化"搭台经济唱戏、什么都拿"文化"说事的风气却又盛行起来。一切朝钱看,还是要求言必及义,不过这"义"是拜金主义。

所以,我宁愿看看胡竹峰写清炒芥蓝,写野生水竹笋,写紫苏"穿着一身淡紫色的长裙"。日常生活中的"衣饭",在身上和心中引起的感觉,用"好歹都是自己的"话写出来,成为一本"书",我会欣赏;还能言不及义,我就更加欣赏了。

爱书爱到死

世上读书人多，爱书人也不少。爱书不顾身、爱书爱到死的人，在我八十年岁月、上百位朋友中，却只有一个萧金鉴。

老萧求书，多多益善。开头听说萧满屋子都是书，儿子在厂里帮他另备两间房，他自己在对河又租了房，也满是书，我还跟他开玩笑："古人有'书淫'，你这样多多益善，兼收并蓄，淫也淫不过来啊！"

但我知道，萧这么多书，大都是自己节衣缩食买回来的。他收入并不高，常常是掏空了口袋买书，连搭公共汽车的钱也不留下。买得多时，只能双手抱着或肩头扛着书走回家。

为了买到想要的便宜书，萧常常在旧书店一站大半天。站到腿脚发麻受不住了，就坐在角落弯里的地上（彭国梁还见过他趴在地上），继续挑选。六七十岁的人了，做一个这样的"书淫"，总比做老花心、老风流、老婚外恋好，我以为。

老萧的文章也写得好，不拖沓，有内容，充分用上了他长久以来兼收并蓄的材料。可见他收书虽贪多，却不滥，算得上有眼光，有选择。

因为自己能文，所以他编《书人》，编《文笔》，总能拉到好稿子，编得出水平。听说编一期《书人》，"全包干"只给他二千元。很显然，干这个他不是为了钱，而是为了有一个平台交书友。

老萧爱书，也爱读书的人和写书的人，这些人就是他的书友。去年过小年前几天，他陪同吴教授来我家，交谈甚欢，后来谈到某位九十多岁老先生有部书稿久久未能刊行，义形于色，主张大家凑笔钱"买"个书号，助其了此心愿。其实他与此老并无深交，完全是为了一部他认为该出而未出的书稿而仗义，真是热心肠，提高点来说，亦可谓古道可风了。

我并不赞成"买书号"出书，但为萧所感动，便说如果要凑，我也可以来一个。这时我注意到，萧君满脸高兴，却已难掩病容，于是又说了一句："你脸色不太好，是不是不舒服？还是先去医院看看自己的病再说吧。"

此后一连好些天没了萧的消息，大年初七给他家打电话，才知他年前去了医院，一去就出不来了。随即打电话问吴教授，得知是胰头癌已到晚期，同声叹惋。翌日即由吴教授带路往萧家，见到刚由医院回家的萧，他也自知重病上身，无法医治了。

五年前朱纯走后，我越来越怕朋友生病，越来越怕朋友得了不治之症前往探望。见了老萧，嘴里说着话，心里却老想着，十来天以前（仅仅十来天以前啊）他还在热心帮别人出书，怎么一下子就这样了呢。越想心越乱，嘴里说的差不多都语无伦次了。老萧这时却又谈到那位老先生的书，还谈到《书人》和《文笔》，老是放不下。越听我越难过，只好劝他少说话，少想事，安心静养，"一切等你康复后再说吧"，虽然明明知道这已经不可能了。最后萧还说，他正在将自己的文章编为一册《阳台上看风景》，"清样会送给你看看，如果还过得去，便想请你为我写个序言"。我当然只能点头应允，表示一定会收到清样就看，看了就写，要他放心。

几天之后，萧君竟又由人扶着，不告而来，再一次以写序之事相托。更加使我觉得意外的是，他还告诉我，那位老先生的书,出版社已经同意出版,无须出钱"买书号"了。重病垂死时居然还在关心着书和书人,真可以说是爱书不顾身,爱书爱到死。

这深深地感动了我。熟悉的老萧的形象,那手里总是拿着书,衣着总是不讲究,脸上总是带着笑,姿态总是那么低的形象,在我心中高大起来。

我从来不"拔高"人。人有多高就是多高,拔也是拔不高的。萧金鉴和我一样,本只是普普通通一个人,因为他爱书爱到了性命相依、生死与共的程度,他就有了寄托和追求,他的生命也就有了更高的意义和价值。

致朱九思

九思同志：

谢谢您嘱重璋、华平同学给了我一册《朱九思评传》，读后觉得它虽然还写得不够充分，却也在大体上写出了您立德立功、有声有色的一生，确实是后辈学习的榜样。华平希望新干班人读后能各抒所感，阮甫堂同学已经发表了一篇，自忖匆匆不能写得更好，只能先谈谈两件您关怀我的往事，略表寸心。

一九四九年八月三十一日，新干班口试后第二天，手持廖经天同志写的介绍信，走进经武路二百六十一号时，是您亲切地接待了我。初见未满十八、一身稚气的锺雄，您的神情略显意外，但阅信后便释然了，随即亲切地告诉我道：

"报纸刚创刊，局面开展快，人手很不够，特别是新解放的乡村，报道亟待加强。你写《人民拥护人民币》写得不错，年纪虽小，文字基础还可以。明天有两位记者去县里采访，你跟他们一起下去，就是报社的实习记者了。"又问我还缺什么生活用品（须自打背包下乡），听说还缺一床蚊帐，您即叫李世晞同志拿床新的美军蚊帐来，要我拿上它就去松桂园找柳思和柏原。第二天一早，他俩带上刘见初和我出发，一个中学生就这样走向了社会，走向了人生。

从那天起，到您奉调离开报社时为止，开头几年里，在李锐同志和您领导下，我在采访编辑工作中一直很开心，也有了些微的进步。还记得您在临别召开的编辑部大会上，宣布了新的编委名单（最后一名是袁家式），末了还宣布任命我为总编辑室秘书。很对不起您的是，这个秘书我却没能当好。因为李锐同志和您一走，我就成了"恃才傲物，目无领导"的典型（邓钧洪社长年终鉴定总结报告中语），工作随即调往财经部易子明同学手下，"目无领导"的毛病自然也越来越严重了。

您心目中的我却好像不是这样的。我平反改正后，您即派刘春圃（已由您调到华中理工大学当外文系总支书记）来要我去"华工"。春圃告诉我："九思说，锤叔河我了解，是一个做得事的人，那时年纪轻，有点锐气正好嘛，又没有作风品质问题。"几句话说得我心里暖洋洋的。九思同志，您八十大寿时我以诗拜寿，"寒冰百丈送春风"那一句，写的硬是我的心里话。

但当时我刚落实政策，一大堆问题需要解决，坐牢九年要索赔，流散子女要找回，实在无法离开湖南。后来"华工"创办新闻系，您又一次派春圃来，叫我和傅白芦去当教授带研究生。这一次我本想投奔麾下，但"走向世界丛书"已经国家立项，还是走不了，只能辜负您。

一九四九至一九八九，整整四十年。四十年中您遇我甚厚，我却总无以为报。如今您寿近期颐，我亦年过八十，今生已难言报了。唯物主义者不信有来生，现世的报应却所在多有，人们都看得见的，那就是后辈对于前辈的评价。它可以托诸口舌，即所谓口碑；也可以托诸笔墨，即所谓文望；当然还可以存在心里，即所谓心铭。《朱九思评传》便是您的文望。对李锐同志，我作有《老社长》一文，对您我就先写了这些，向您致以深深的祝福。

多谢老彭

彭华平以大学生入新干班，年纪比我这个读高二的大好几岁，在报社又当过我的小组长，确实是我的大哥和学长，所以我一直喊他"老彭"。老彭也一直对我和气，总是笑嘻嘻的。反胡风、反右派我被批被斗，也不记得他有过疾言厉色相向时，当然这跟他老上晚班有关系，但生病住院仍不忘检举揭发者也有呀，在那个人人自危、个个不能不设法自保的时候。于此即可见老彭之宅心仁厚，也就是他一世为人的价值所在。

我平生好客，却不惯作客，至今未到过老彭家。他却不以为忤，为了新干班联络事务，包括办《新干班通讯》，多次枉顾，一贯蔼然。我生性疏懒，不爱活动，自己本也没进新干班学习,除了杨益荣、刘音、罗印文、陆孝基四位原来认识的,再加上分配到报社来的诸位以外,同学们大都生疏,正好作为逃避活动的借口。硬是原来的刘皓宇,后来的老彭哥,他们的坚持和热心感动了我,才渐渐"勉随诸君子之后",参加过一些活动。

就说大前天吧,刚吃过早饭,同住大院别住一楼的谭天福大姐,由她的儿媳妇搀着,颤颤巍巍一步一步地来敲门,说是"彭华平六点还不到便到了我那里,他刚刚出院,天热怕太阳,赶早将新印出的《新干班通讯》送来了,又怕你还没起床……"。

两位年过八十五的大哥大姐,为了一份"通讯"而如此奔忙,大家说,这感不感动人,该不该多谢?

或以为老彭在痛失老伴又罹足疾后,还要坚持出"通讯",未免太执着、太不爱惜自己的身体了。说这话完全是为着老彭好,也说得并不错。但转念一想,老彭的执着,岂不正是湖南人"要么就不干,干就干到底"的精神的体现么,应该尊重的。我们爱护他,就该爱护他这种执着,让他做他想做的事,让他"行其意"。

写下这几行,就算是我对他说一声多谢吧。

鄢振家

初入报社时享受供给制，每次发河南香烟五十支一大包，亦可和南下同志同样领一包；还曾经糊里糊涂跟着张一痕（罗光裳她们还没来）去领卫生费，被她红着脸喝止。一九五〇年冬改为包干制，每人发钱自己买衣，不必像四九年底那样拿着一丈几尺蓝布上街去找裁缝店了。这时候鄢振家到报社没有，我记不清。事实上我好像从未跟他说过什么话，直到五八年被扫地出门离开报社。那么，如今来写鄢振家，从何说起呢？

这要从包干制改薪金制说起。改制先得要定级，此时李、朱已走，老邓当家，编辑部内起作用的却是蔡克诚。在饭厅中张榜公布的结果是：新干班来的人中，向麓、郑昌壬、张志浩、阮甫堂等几位定为十七级，大部分人包括我都是十八级，鄢振家、江中石等十几位则定为十九级。易子明此时尚未当官，在做驻湘西的记者（朱纯则驻衡阳），他们发回的稿子还得先经我看过，再交编委复审。他在榜上是十八级的头名，便跟我嘀咕："这凭的是什么？是学历，还是年龄呢？"

我也好强争胜，但从小便知道，名位和本领从来不会一致，白袍小将也是要听张士贵调遣的。"居人下"呒啥，只要不视我如犬马草芥便知足了，所以并没有跟易子明搭腔。但也不禁要想，论学历，论年龄，鄢振家跟向麓又有多大区别，恐怕凭的还是蔡克诚的印象吧。

鄢振家却默默地接受了这个十九级，一直默默地坐在读者来信部里分来稿来信，默默地在报社里工作和生活着。开会时他很少发言，评报栏和黑板报上少见他的名字，但他也从不"积极"去"靠拢"，更不屑于卑躬屈膝去陪"把头"吃喝打牌。在一个接一个的运动中，从不曾见他争先抢后地检举揭发，斗争批判会上也少见他慷慨陈词……

风雨苍黄四十年，四十年和报社同人暌隔，老鄢自然也不例外。一九九九年久别重逢，才知他十四年前（一九八五）即已休致养老，历罡风恶浪而能毫发无损安全着陆，庄生所谓"缘督以为经，可以保身，可以全生，可以养亲，可以尽年"者非耶？这才警觉，像鄢振家这样能够"恢恢乎其于游刃必有馀地"的，才真正是我应该佩服的老学长。

我有个坏脾气：对人看法不好，就想让他知道；对人看法若好，反而不大想说出来，怕被认为巴结。对鄢振家亦是如此，所以到今天才说佩服他。

今天说佩服他，也是因为这一期《新干班通讯》上他的《庐山会议放歌》和《杂感四首》起到了"触媒"的作用。自从在《新干班花甲纪念文集》中读过《从一把剃须刀看友谊》，我便和原来佩服他的"静气"一样，又倾心佩服了老鄢的文章。我诚心诚意地认为，这则不到六百字的短文，实在是全体新干班人好几次集体创作的"压卷"。这期《通讯》上的诗也一样，七言就是七言，古体就是古体，并不非驴非马。更妙则在其言之有物，直抒胸臆：

> 各地频频放卫星，说是亩产几万斤。
> 如此超乎常识事，居然党报发新闻……

真是读来刻骨铭心、值得刻石铭金的好句。这出自"放卫星"时坐在"党报"里头看着别个兴冲冲地"发新闻",自己则宁可静默默地拆信封的鄢振家的笔下,昔之沉默如金,今之"放笔直干",都不得不使从来沉不住气的我深深地佩服了。

不出门斋主*

斋名"不出门",斋主方小平却是个思想上的远游者。

人为动物,本能就是想动要动的,但"门"却限制着人,限制着每一个人。

限制着人的,有君王之"门",有先师之"门",有礼法之"门",有世俗之"门",有自心之"门",还有实实在在由铁木造成的办公之门、商场之门、卧室之门……

你走得出门吗?

你走得出这扇门,走得出那扇门吗?

于是,方小平只好"不出门"。

---

* 本文为方小平《不出门斋随笔》的序文。

说是"不出门",其实想出"门"。

在思想上,他还走得比较远,称得上是位远游者。

这一卷便是他远游的记录。

二〇一二年八月。

李一氓无题有赠

　　电闪雷鸣五十春　　空弹瑶瑟韵难成
　　湘灵已自无消息　　何处相寻倩女魂

一九八三年四月李一氓写在条幅上并裱好了才寄来的这首诗,上款"无题书奉叔河同志雅鉴","无题"即是诗题。

　　此前不久,他有文《纪念潘汉年同志》,也用这首诗开头,并且解说道:

　　　　第一句指一九二六年汉年同志参加革命到一九七七年逝世;第二句指工作虽有成绩而今成空了;第三句指死在湖南不为人所知;第四句指其妻小董亦已去

世。说穿了，如此而已，并无深意。

显然这是一首追念亡友之作，虽然声明"并无深意"，其实还是大有深意的。

一九二六年到一九七七年正好"五十春"，五十年来"电闪雷鸣"一直不停，电母不停地烧，雷公不停地打。前二十多年，潘汉年跟在雷公电母左右，烧的打的都是别人；后二十多年，老革命成了反革命，烧的打的就是潘汉年小董等"湘灵""倩女"这一群"自己人"了。诗人对此的感受，《纪念潘汉年同志》文中有所说明：

> 一九五五年"潘杨事件"发生，有好多疑点。……因为他和我是众所周知的好朋友关系，我也受了一些嫌疑。……甚至有负责同志追问过我："潘汉年的事你难道一点都不知道吗？"所以对于这个案件，我也就只有避之唯恐不及了。……从一九二六年算起，我们大家都经历了一场接一场的大风暴，有时惊心动魄，有时也目眩神伤……

这番自述，岂不是对"电闪雷鸣五十春"更切实的解说，也就是这首《无题》深意之所在么，但他为何会将它"书

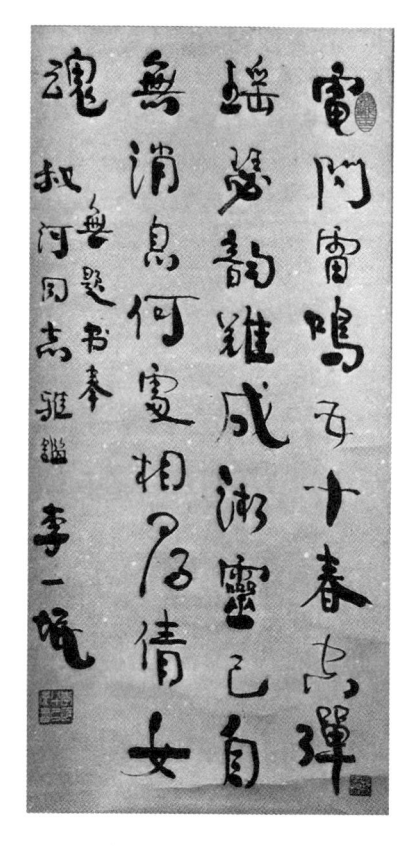

李一氓书《无题》诗

奉"给我呢？

我和李一氓只有过"一面之交"，一次面对面的交谈。那是一九八二年三月，他不知从哪里见到几本"走向世界丛书"，便通知我进京开会。会期八天，彼此都忙。某次用餐时，他移樽就我，说有部由缅甸去英国的清人游记刻本相赠。我知道这是王芝的《海客日谈》，因已有复印本，便辞谢了，却急于向他说起曾国藩全集必须重编的道理来。他对于原刻《曾文正公全集》有哪些"不全"也感兴趣，听得津津有味。大约交谈了四十分钟，连准备送他的一本我在劳改队时油印的《水浒叶子》（因为见过他介绍《明刻陈老莲水浒叶子》的文章）都来不及提，我便在陆续来找他谈"项目"的人快要围成一圈时告退了。

虽然只有这"一面之交"，李老却一直关心着我的工作和文字。九月和十一月间，他两次来信，动员我将为"走向世界丛书"各种所写的前言"集合起来，印为一册"。后来《从东方到西方》准备在上海人民出版社出版，他又写来了精彩的序言。一九八三年三月，《人民日报·大地》发表了我写的《潘汉年夫妇最后的日子》，一个多月后，便收到他寄来的这首《无题》。

李一氓是真正的老革命、老文化人。我还未出世，他就译过《土地问题》等许多书，编过《文化批判》等好些刊物。我六岁时,他就当上了新四军和东南局的秘书长。一九八二年我在湖南人民出版社当编辑,他则是中纪委副书记、中顾委常委。他和我之间的距离,实在大得很。

应该说,在很多方面,李一氓和我都是迥然不同的,我和他实在很少共同性。但是,迥然不同的两个人,某个时候也可能会产生某种共同的理念或感情,比如说,对水浒叶子的喜爱,对走向世界的关心……还有电闪雷鸣时的"惊心动魄",对潘汉年之死的"目眩神伤"……

王平有味

《王平小说》两本，出版已经十年，送我也已十年。初到手时，觉得顶有味的是，这两本他并不分为上册和下册，也不分为卷一和卷二，而分成了"甲种本"和"乙种本"。

四五十年前参加过政治学习的人都知道，"甲种本"和"乙种本"，这可是神圣得很的专名，哪能随随便便拿来就用，王平他却随随便便地拿来就用了。

有味不？你们说。

何立伟就说了。他说："有评家指王氏小说琐小流俗，而琐小有之，流俗则无。"看得出，何立伟对"评家"评的并不以为然，他在替王平抱不平。

我则以为，"琐小流俗"正是王平文字优胜处。何立伟接下去不也说,"王平写长沙的小街小巷,乃《清明上河图》一般长卷,徐徐展开时,人物嘴脸皆跃然纸上。一街的黄昏油烟子,一街的夏夜的竹床,同竹床上淡淡的星光,有味有味"吗?

《暮雪碑林》写两个人无话找话讲:

> 他说五月是春天十月是秋天。我接着说十二月是冬天。他说是呀是呀,冬天太冷,何况落雪呢?我说倒也是,春天秋天都没有冬天冷,也不落雪。

这些看去毫无意义的废话,琐小,流俗,却正好写出了两个勉强相处的人的无聊和无奈,也就是我觉得有味的地方了。

确实,王平是有味的,王平的文字也有味,虽然"琐小流俗"。

琐小的对面是伟大,流俗的对面是优雅。伟大应当尊重,优雅值得忻慕,但这得是从广泛的生活和悠久的历史中自然形成的伟大和优雅,做文章"做"出来则未必。

"甲种本"和"乙种本"也曾经是伟大的,从"南倒脱靴十号"走出来的王平,把它随随便便拿来就用,也就用了。这种举重若轻、玩弄于股掌之间的作派,十分符合他南门口的出身，人造的"伟大"便一变而为"流俗之所轻"了。

我读《王平小说》，写老表带着自己去寻先辈遗迹的《暮雪碑林》也好，写小古道巷中生活的《雨打风吹去》也好，写《匾》里面程潜给题匾的老中医也好，其实都是纪实的散文，却写得多么美妙。他写的都是"流俗"，都很"琐小"，却充满了有味的细节。那些地方，那些人物，我们看起来是多么遥远，又多么挨近……

我如今越来越不爱看电视连续剧中的故事，但科教频道、纪录频道有时还是看看的。我也越来越不爱看小说，但写人、写事的散文有时也还是看看，只要它写得短，写得有味，像王平写的这样。

王平说，他也打算出本散文集，想要我给写个序。我以顾亭林"人之患，在好为人序"一语告之，说道："一定要我写，那就再'患'这最后的一回吧。不过有个条件，你这本书得叫《王平散文》，不要再出《王平小说》的丙种本了。"

还是有味一点好啊！

罗孚赠梁漱溟书杜诗

前些时在报上见到罗孚在香港去世的消息，虽知他比我还大十岁，已是九十四龄高寿之人，仍觉晨星寥落，不胜伤感，尤其在重读他这封来信之后：

> 叔河先生：您好！去年蒙您惠赠尊编《周作人散文全集》，迄未致谢，深以为歉。现趁友人吴承欢兄来长沙之便，特托其带上敝乡先贤梁漱溟先生书法一幅，聊表谢意。此为四十年前在陪都重庆获梁先生赐赠，敬以转赠先生，聊表谢意。尊编知堂老人全集，精美完备，应为读者深所爱重，得蒙惠赠，深为感谢！拖延年馀，今始言谢，失礼之至，敬请谅之。去

夏中风，虽获痊愈，现仍行动不便，匆匆敬祝

秋安！

罗孚敬上　二〇一一年十月

字迹和文句都看得出"去夏中风"对他的打击，的确是十分严重的。比如说，梁漱溟的字是"民国卅七年"即一九四八年元旦写的，到二〇一一年十月，时间应在七十三年前，信中却写成了"四十年前"，"聊表谢意"也重复讲了两遍。

遭受了如此严重的打击，罗孚仍念念不忘给他寄《周作人散文全集》的事情，不忘托友人将梁漱溟写赠他的杜诗条幅带来长沙转付于我，这真是最后表示的珍贵情谊啊！果然，不到三年，罗先生就长逝了。

其实我和罗孚一九八七年才认识，那是在北京范用家。我刚以岳麓书社名义在《光明日报》上广告："人归人，文归文。周作人其人的是非功过是另一问题，其书的主要内容是对传统文化和国民性进行反思……今之读者却不可不读。"接着便开始印行了《自己的园地》《雨天的书》……编出了《知堂书话》《知堂序跋》……这次去范用家，也是为了和徐淦见面，向他请教绍兴的风土和名物，解决笺释《儿童杂事诗》的疑难。在范家，范用叫来

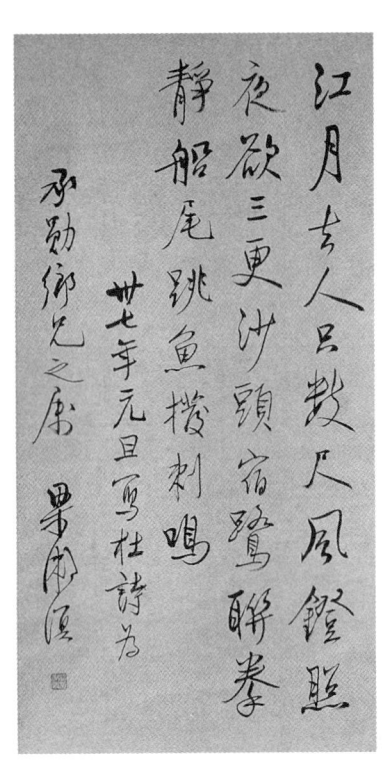

江月去人只数尺风鐙照
夜欲三更沙头宿鹭联拳
静船尾跳鱼拨刺鸣 卅七年元旦写杜诗为
承勋仁兄之属 梁漱溟

罗孚赠梁漱溟书杜诗

了徐淦，接着又来了"史林安"，都对出周氏的书极感兴趣。后来才知道，这"史林安"便是罗孚"留京十年"期间使用的化名。好在他虽然"留京"，还能作文访友，还能谈周作人……

后来他便去了加拿大，最后又还是回到了他久居的香港。他是五六十年代香港中资报纸的总编辑，周作人在香港发表的文章，包括著名的《知堂回想录》，原稿都是经由鲍耀明先生和他的手发出的，最后也都保存在他二人手里。我出周氏的集外文和散文全集，多亏了鲍、罗两先生大力相助。所以，寄送样书给他们，乃是理所当然之事，本来不必言谢，更不必回报的。《知堂回想录》的手稿，他曾有意交我保存，以为这样最有利于出书，我说还是交周氏后人为好，不知为何后来却给现代文学馆了。

梁漱溟书"江月去人"这首杜甫七绝，时在他"一觉醒来，和平已经死了"之后，居于重庆办他的"勉仁书院"。但毫无疑问，他仍是中共的"统战对象"，所以才会有"写杜诗为承勋乡兄之属"这回事（罗孚原名罗承勋，与梁漱溟为广西同乡）。诗云"风灯照夜欲三更"，不错的，民国三十七年（1948年）元旦的重庆正在"长夜难明赤县天"的黑暗里。一年过后，战犯求和，再过九个月就"一唱雄鸡天下白"了，梁漱溟当了全国政协委员，罗孚则去香港创办《新晚报》，都挺忙的。又过了三年多，国内开始"批判梁漱溟的反动思想"，此后罗孚跟梁漱溟应该不会再有什么联系，但精裱的条幅仍然在罗家保藏着。梁先生一九八八年才去世，此时罗孚仍然"留京"，但他们想必更不会联系了。文人遇合，总难免被时代潮流播弄，梁、罗两先生俱已成古人，条幅体现的这桩文字因缘却还留在我这里，思之怆然。

沈从文的一幅字

在我家过道的墙壁上,挂有沈从文的一幅字,写的是他所作的《赣州八境台》:

赣州古名郡　万屋栉比连
八境寓游目　思古慕前贤
遥接郁孤台　缅怀辛幼安
节麾拥万骑　横江多楼船
旌旗蔽云日　精甲足壮观
方期复中原　血战龙蛇翻
王命停征伐　轻裘入市廛
飞觞乐父老　同歌大有年

玉虹来天外　　笔立大江边
借之抒壮怀　　佳句至今传
历时八百载　　城壁尚完坚
登高多古意　　风铎鸣悠然
巍巍崆峒立　　江水碧接天
双流会合处　　千帆自往还

写完诗后，沈从文还写上了这样几行：

六一年旧作赣州八境台

沈从文习字，时丙寅春节前，新之窄而霉小斋中，年七十进五，始终不易及格。

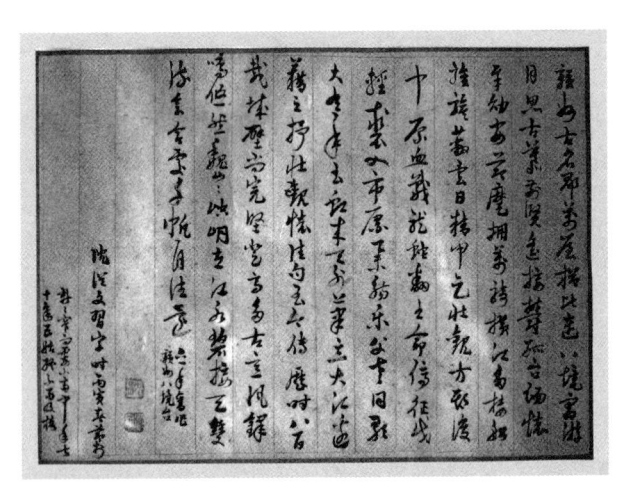

沈从文赠诗《赣州八境台》

赣州于汉初设治,自然可称"古名郡"。章贡二水在此汇成赣江,八境台建于"双流会合处",登台可眺望郁孤台、玉虹塔、崆峒山等八处风景。诗作于一九六一年,写于一九八六年二月,后来才赠予我。

去"新之窄而霉小斋"看沈从文,本只为解释田志祥冒昧去信之事。沈对此却并不介意,还给田写了回信(曾刊《湖南文艺》一九八九年第一期)。因而不得不谈起田的亡父(沈在陈渠珍部时的朋友),因而又不得不谈起陈渠珍。沈对陈极有兴趣,一再要我"多坐坐,多谈谈",并以此幅相赠。

其实我只在六十年代跟陈渠珍的二儿子天一同在街道上当过被监督的右派分子,一同打过几年"机械流"。朱纯在街道工厂做工时,亦与陈渠珍最后一任妻子彭梅玉同事,同拿十几元的月工资。陈氏最小的儿子晏生,则和我女儿在麻园岭小学同学。这些情况与陈渠珍本人关系不多,于是只好谈谈社会上对陈的一般评价:湘西王,土匪头。

"甚么土匪头!土匪头会给家乡买《四部丛刊》吗?"

"是呀,您在《从文自传》中就写过他买《四部丛刊》,说他天天读书,要取书,要抄书,都找您。"

"对,我是文书,他的文书。"沈笑了起来,接着叹息道:"无论如何,陈渠珍总是个有文化的人。有文化才会看重文化,讲求文明。没有他,我当时也读不到那么多的书。"

八境台诗中"缅怀辛幼安",辛也是文武全才,曾"节麾拥万骑",又"佳句至今传",本来"方期复中原",却只能以"郁孤台下清江水,中间多少行人泪"抒怀发愤。可是,陈渠珍连这样的荣哀都没有,难怪沈氏为之叹息。

八境台诗一九八〇年曾刊美国《海内外》,一九八一年曾刊香港《广角镜》,字句略有不同,似应以后来改定者(也就是写给我的这一首)为准。跋语自谦"始终不易及格",赠我时确曾说过,"用圆珠笔三角板画朱丝栏,总是画不好"。但沈氏生于一九〇二年,到一九八六年已是八十四岁,"年七十进五"应是"八十进五"的笔误。

记得匡互生

进医院前两天,赵海洲同志送我一册他新出的散文集——《生命的延伸》。

初识老赵是在四十五年前邵阳的一家报社里。那时彼此都年轻,工作流动性也大,相识不久,就各奔东西了。四十五年后喜得赠书,随带至医院。展卷首见作者近照,资江边绿鬓少年头发已经斑白;接着读书的内容,则真是"庾信文章老更成"了。

文章用不着戏台上喝彩,只想谈一点读后感。集子里有两篇,都是写他的同乡匡互生的。这不禁使我惊喜,他还记得匡互生,还记得这位早已被人们淡忘了的"五四"先贤。

匡互生何许人？请允许我从北师大的校史资料中，摘录几位先生的回忆。周予同先生回忆道：

> 五月四日上午，各校代表开会，提出"外争主权，内除国贼"的口号，当时匡互生最起劲。大家相约，准备牺牲，我和互生都写了遗书。午后，队伍往天安门前集合，经总统府、外交部，一路高呼口号，直奔赵家楼曹汝霖家（传说曹、章、陆三卖国贼在此开会）。曹宅大门紧闭，旁只一小窗，镶有玻璃。互生一拳把玻璃打碎，手上满染着鲜红的血，就从这小窗很困难也极危险地爬进去，将大门打开，于是群众蜂拥而入。我们找不到卖国贼，便要烧他们阴谋作恶的巢穴，互生拿出火柴，我们把卧室里的帐子拉下，放起火来。

云刚先生回忆道：

> 匡互生一九一九年北京高师毕业，回长沙任第一师范教务主任。当时毛泽东在一师附小当主事。匡互生参加了毛泽东创办的新民学会，他们又一起组织了文化书社。匡互生想请毛泽东到一师任教，但那时有

规定，到一师教书的，必须是大学毕业生。毛泽东没进过大学，怎么办？匡互生就在规定中加一条，附小的主事可到师范任教。于是，一师毕业的毛泽东，破例担任了一师的国文教师。

朱光潜先生回忆道：

> 匡互生任春晖中学教务主任，他和无政府主义者有些来往，特别维护教育的民主自由。春晖的校长是国民党中央委员，匡互生建议改革，要让学生有发言权，要实行男女同校，被校长拒绝，互生愤而辞职。我跟他采用同样态度，一批学生挽留不住，跟我们一同跑到上海。教师中周为群、刘薰宇、丰子恺、夏丏尊等也转到上海，原在上海的朋友胡愈之、周予同、刘大白、夏衍、章锡琛也陆续参加，创办了立达学园。学园有教育自由的思想和作风，在军阀统治下传播了新鲜空气。

叶圣陶先生回忆"一·二八"事件后，立达学园损失巨大，说匡互生为了筹款：

不但是足无停趾，简直是饥不得食，渴不得饮。这时宝庆家中来电报，说他父亲病故，他带眷奔丧回籍，只一个星期，把丧事匆匆办完，便单身赶回，忙着把学园附设农场产的鸡蛋运出，卖得钱买学生食物和鸡的饲料。不料这时又来个电报，报告他母亲逝世了，于是他又第二次奔丧。家中连遭大故，学校又受了重大打击，大家以为即使是匡先生，也难免会灰心。但匡先生仍然匆匆办了丧事，又单身赶回来了。

巴金先生回忆道：

学园七月恢复，互生年底就因肠癌进了医院。他起初不肯就医，把病给耽误了。他是这样一个人，不愿在自己身上多花一文钱。他为学校筹款，一天在马路上被撞倒，给送到医院诊治。医生要他每天喝点白兰地，他去喝了一杯，花去八角钱。他说："我哪有钱吃这样贵的东西，钱是学校需要的。"以后他就不再喝了。我有位姓伍的朋友，到他友人林的住处去，刚巧法国巡捕因共产党嫌疑来逮捕林的朋友郑，把三个人都捉去了。我们拿不出钱行贿，有个朋友提出匡互生，说他认识在法租界工部局有影响的李石曾。我们就去找他,他一口答应去找李作保。一天大清早,有人叩我的房门,原来是互生。他进了房,从公文包中掏出李石曾写的信,看到信中只写两个名字,便说:"这对姓郑的不利,我把信拿去再找李石曾改一下。"第二天一大早,他又把改好的信送来。不用说,被捕的人都保释出来了。朋友伍今天还在北京工作,他一定没有忘记五十多年前这件事。

就是这样一位火烧赵家楼的英雄,这样一位把一师毕业的毛泽东请到一师教书的人,这样一位为了援救共产党员带病不停奔走的人,这样一位连一杯白兰地都舍不得喝一心办学献出了生命的人,这样一位在叶圣陶、朱光潜、周予同、巴金心中长存着光辉印象的人,近几十年来却被不应该地冷落了。

就在病房中看老赵的书的时候,碰上一位外地来的病友,名牌大学毕业,如今"做政府工作"的,说他有亲属在邵东廉桥。五十年代初我到过廉桥,对那里的黄花菜和朝天椒印象很深。他对此毫无兴趣,却好谈政情人事,有次兴高采烈地说:"如今邵阳总算出人了,某某到了省里,某某还进了北京。"我说:"邵阳从来就是出人的嘛,比如你们廉桥的匡互生……"他一听愕然,忙问:"匡互生?

现在在哪里？搞什么工作？"我只好含糊应对："搞教育的，抗战前就死了。"他才松了一口气："哦！"

现在是名人多的时候，最出名的当然是那些"到了省里""进了北京"的高官，其次则是舍得赞助、投得起资的老板，这都是有作家、文人跟在屁股后面作报道，写特写，编传记的。再次则影星、球星、歌星、舞星……请看各地各行所编名人录，哪一本不是厚厚的呢？想不到匡互生却只能得到一声"哦"。

然而，总算有了赵海洲这两篇文章。匡先生地下有知，也可以少破岑寂了。

几人垂泪忆当时[*]

嘉兴范笑我君在图书馆工作，经营"秀州书局"，辑印书籍多种，得见者如《古禾杂识》《寇难纪略》《药窗诗话》《沙家浜》等，都是嘉兴本地人（最早的生于乾隆时，最晚的还在上班）写嘉兴本地事，属于乡邦文献，不高谈"理论"或凭空"创作"，故为我所珍重。我籍贯平江，平江从汉灵帝熹平年间建县起，已有一千八百多年历史，地属湖南岳州，居民却讲赣方言，文化上很有特色。我从抗战胜利后到长沙读高中，即未再回平江住过，于故乡文物实在生疏。老来怀旧，有时也想找点平江人写平江

---

[*] 又题作《烈士原来是才子》。

事的书看看。也许是在平江已经没有什么"关系"了的缘故吧,结果却总是难得。所以不久前得见《毛简青》一书,我的心情,说来有点好笑,居然和收到范君寄来新书时差不多一样高兴。

平江是著名的老革命根据地,共产党烈士甚多。毛简青是事迹突出的省军级烈士之一,原来却是富家出身的大知识分子。

平江位于湘赣边境大山中,与江西义宁接壤,两地文风皆盛,皆是出才子的地方。半江古有李次青,今有李锐,都是有名的才子。毛简青生于二李之间,他在中学念书时,读《诗经·邶风》:"式微式微,胡不归?微君之故,胡为乎中露。式微式微,胡不归?微君之躬,胡为乎泥中。"便将它翻译成了下面这样一首白话新诗:

> 天要晚啦,天要晚啦!
> 为何不回家?
> 要不是东家事情多,
> 我怎会露水珠儿夜夜驮。
>
> 天要晚啦,天要晚啦!
> 为何不回家?

要不为东家养贵体,

我怎会浑身带水又拖泥。

老师和同学即以才子目之。

毛简青是在一座占地近十亩的深宅大院中出生的独生子。平江虽在大山中,至今还是"贫困县",但在汨罗江边的冲积地上,仍有一些"金窝银窝"。清末民初,全县首富的村便是浊水的金窝村,村中的首富则是毛简青祖父这一家。

出生于光绪十七年(1891年)的毛简青,在家乡和岳州读过私塾、小学和中学后,于民国二年(1913年)往日本留学。九年之后的一九二一年,他在东京帝国大学取得经济学硕士学位回国,当年冬天在长沙,便由另一位平江人李六如(《六十年变迁》的作者)介绍,参加了刚刚成立的中国共产党。

毛简青在东京留学时,曾经在一颗象牙图章上刻下了这样四句诗:

羌笛一声何处曲　流莺百啭最高枝
深秋帘幕千家雨　落月楼台一笛风

这颗图章如今保存在"毛简青烈士故居"的陈列室中，很可能是他加入共产党之前留下的作品。

入党以后，毛简青当过黄埔军校政治教官、湖南省委委员兼平江县委书记、六大（在莫斯科召开）湖南代表团书记和主席团委员、湘鄂西分局《红旗日报》社长兼主编。《红旗日报》上发表的作品，如一首"宝塔诗"：

穷

工农

可怜虫

被人雇佣

身在黑暗中

不辨南北西东

常不免坠入牢笼

共产党似暮鼓晨钟

唤醒世界上一班痴聋

才知衣食住靠我们劳动

豪绅地主坐享天地也不容

推翻旧社会我们要做主人翁

诗中"暮鼓晨钟"约略留有才子笔墨的痕迹，整个精神则已经完全革命化，只说工农要做主人翁，"深秋帘幕"和"落月楼台"的影子再也看不见了。

毛简青把全身心都献给了革命，自觉叛变了自己的出身和阶级。一入党，他就将自己在长沙教书和任职的每月工资三百圆银洋中的二百八十圆作为党费，按月缴纳给住在清水塘的毛泽东杨开慧夫妇。有时还要从平江家中要钱，以应其不时之需，被毛泽东戏称为"财神菩萨"。后来回平江组织扑城暴动，到上海主持"互济会"（救助被捕同志及其家属的机关），去莫斯科开六大，他都要寡母拿出了现银和金条。这些事迹，都有他生前好友又是同志的李六如、谢觉哉的记载。

可是，就是这样一个走出"平江首富"的深宅大院，放下日本帝国大学硕士的架子，捧着一颗纯洁的至诚的心来参加革命的才子，在他入党十一年之后的一九三二年，在湘鄂西苏区（洪湖）"肃反"中却被当成"反革命"处理，成为烈士了（烈士身份是一九五一年确定的）。

和毛简青同在报社工作的谢觉哉也是"肃反对象"，名字也上了黑名单，只是由于在敌军一次突击"清湖"时被俘，才侥幸逃过这一劫。解放后谢（他比毛简青大七岁）作为南方老革命根据地慰问团总团长来平江慰问毛家时，出示了他感叹毛简青和自己"肃反"经历的四首诗：

好人不比坏人贤　　一叶障目不见天
昧尽良心横着胆　　英才多少丧黄泉

愚而自用成光杆　　又爱猜疑变毒虫
一念之差成败异　　教人能不战兢兢

自残千古伤心事　　功罪忠冤只自知
姓氏依稀名节在　　几人垂泪忆当时

黑名单上字模糊　　漏网原因是被俘
必须自我求团结　　要防为敌作驱除

"为敌作驱除",就是帮着敌人杀自己人。李锐为《毛简青》一书所作序文中说,"据统计,在十年内战肃反中被错杀的达十万人之多",难怪也曾上过黑名单的谢觉哉要"垂泪忆当时"了。

毛简青不过是这十万分之一。但因为他本是一位才子,是一位高级知识分子,他的成为烈士,就有了不一般的悲剧色彩。又因为他是平江人,由也是平江人的作者写了出来,对于我这个平江人,就有了更不一般的意义。故草此文,算是为"几人垂泪忆当时"的诗篇作一脚注。

《艽野尘梦》

《艽野尘梦》是民国时期"湘西王"陈渠珍写的一册笔记,记其于清朝覆亡前进出西藏的经历。"艽野"词出《小雅》,《毛传》释为"远荒之地"。《尘梦》的意境,则像是在说"往事并不如烟"(冰心《追忆吴雷川校长》文中名句),带着一些凄凉,因为有位藏女为助他离藏付出了生命。

此书我四十年前曾从陈氏后人处借阅一过,那是民国初年的自印本,十分难得。它用的虽是文言,记叙却能委曲周到,描写也很注意细节。有些精彩片段,我读时即深深为之吸引,读后又久久不能忘记,还不止一次在茶余饭后当作故事讲给别人听过。以下便再来复述几节,时隔久远，全凭记忆，难免出入，请读者观其大略可也。

宣统元年（1909年）清军进藏，陈氏时任某部三营管带（营长）。因天气奇寒，宿营的牛皮帐篷每夜冻得硬如铁板，晨起须先在帐中生火，待牛皮烤软，才能拆卸捆载到牦牛背上，这就快到开中饭时候了。因此部队总要近午时才能出发，只走得三四十里路，天色向晚，又要找宿营地支牛皮帐篷了。

行军中军官都有马骑，却不能一上路就骑马，而要步行好几里，待双脚走得发热，然后骑上。骑行数里后，脚趾便会发冷，而且越来越冷，绝不能等到冷得发痛的程度，即须下马步行。如此走几里，骑几里，骑行的时间顶多一半，还得与步行士兵保持同样的速度，故骑行的路程也顶多一半而已。

营中各队（排）也为伤病士兵备有马匹。队里总有几个"机伶"的兵爱占便宜，见马少兵多，便抢先报告队长请求骑马。上马以后，有经验的人知不能久坐，骑些时就会下马。没经验又贪心不足的人，因为怕马被别人骑去，先是装脚痛不下马，结果脚真的冻痛冻僵，真的下不得马了。营里最后被冻伤冻残了的，便是各队争着骑马的那几个机伶鬼。

进驻拉萨以后，藏官笑脸相迎，还送了个"藏丫头"

给陈管带做小老婆。但没舒服几天,到辛亥年(1911年),笑脸就变成凶神恶煞相,要杀汉人了。"藏姬"西林却站在自己男人一边,帮助陈氏逃出了拉萨。这时由原路东归已不可能,只好走藏北无人区,经过青海往西安。在无人区断粮时,陈氏虽有武器,对天上飞的老鹰、地下跑的羚羊却毫无办法,幸亏西林枪法好,猎得肉食,才不至于饿死。

最后到了西安,那里正流行麻疹,西林因藏地高寒无麻疹病毒,没病过没得免疫力,很快被传染上。陈渠珍对此毫无经验,以为成年人不会再"出麻子",耽误了治疗,西林遂不幸病死,年仅一十九岁。作为一个男人,陈氏还算有情义,将其灵柩运回湘西建了墓,还留下了这一册《艽野尘梦》。

《艽野尘梦》中最精彩的故事,也是在无人区中发生的。某次行至有水草处准备歇宿,遇上了几个去拉萨的喇嘛。他们的马多,食物也多,态度却很友善,应允以一匹驮马和若干食物相赠。陈氏带的两个护兵只见喇嘛有油水,却不知其带有刀枪,想尽杀其人,尽取其物,决定翌日整装待发时动手,以为这样对方不会防备,事后也无须收拾。陈氏虽以为不可,但为势所逼,只得听之。

第二天一早,喇嘛送来驮马食物,还帮助他们将坐骑上带的物品移到驮马身上，说是轻装才能快走。整装刚毕，护兵就开枪了。谁知这几个喇嘛（连同伤者）反应极快，立即飞身上马，并迅速从宽大的藏袍中出枪还击。护兵应声倒地，一死一伤（旋亦死去），喇嘛们却绝尘而去。更没想到的是，刚"送"来的那匹驮马也跟着跑去，不仅带走了"礼品"，还带走了原有的食物和用品。

食物没了，人也没了。报应如此之快，真令人惊骇。但作者根本来不及惊骇，因为在无人区中没了食物，很快便会饿死，如无西林同行，结果就只能是黄沙中又多一堆白骨了。

复述的这几节故事，略可见清末民（国）初"艽野"情况之一斑，也是边疆史有价值的资料。

笔记作为一种私人记述，本可补正史之不足，笔墨若能生动传神，则更有文学的趣味，所以我每喜读之。人们多以为笔记都是古人作品，是一种陈死的体裁，殊不知黄秋岳、徐一士、刘禺生等都是近几十年中人物，陈渠珍则一九五二年才死去，当时他还是湖南省人民政府的委员呢，虽然到"文化大革命"中又被称为土匪头子。

书如今越印越多，"名著"大家都争着印，像《艽野尘梦》这样原来并不怎么"知名"的私人记述，却仍多湮没。文人学者的著作也越写越长，越印越厚，古如《世说新语》,新如《书房一角》,这类体裁的作品,绝难再见。难道有悠久历史的笔记文学的命运,就只能跟白鳍豚一样终归灭绝吗?

梨花与海棠

古人咏"二八佳人八二郎"云"一树梨花压海棠",看似逗趣,实含讥讽。古时富骄贫孱,男尊女卑,多妻和买淫事属平常,但男女年龄过于悬殊,仍不免使人觉得不太正常,也不合乎自然伦理,这才会引起议论,形诸笔墨。王士禛《古夫于亭杂录》有一则云:

> 吾乡胶西张编修复我,举于顺治戊子,乙酉秋送其孙赴试济南,过余,信宿大椿轩,神气不衰;今又三年,戊子闻又送其孙来济,年八十二矣,八十时游吴纳一小姬,年才十六。

寥寥数语，只写出老翁"年八十二矣"，而所纳小姬"年才十六"（二八一十六，正是二八佳人）就足够了。意在言外，婉而多讽，渔洋山人真可谓文章妙手。

沈德符《万历野获编》卷十二也有"老人渔色"一则：

> 山西阳城王太宰国光，休致时已七十馀，尚健饮啖，御女如少壮时。

在这之后九年，这位王太宰早年过八旬，仍谋取新寡少妇为妾，将其逼死。沈氏结语云：

> 夫踰八之年，或嗜仕进、营财贿者，世亦有之。至于渔色宣淫，作少年伎俩，则未之前闻。或云王善房中术，故老而不衰。

直斥这位退休大佬"渔色宣淫，作少年伎俩"，态度比王渔洋更为严正。

或曰，男女关系，主要看双方是否自由结合，只要自由自愿，也就合理合法了。上述八十多岁的张编修和王太宰，既有名，又有银，还可以靠房中术保持"不衰"，在男女关系上当然是"自由"的;至于十六岁的"小姬"和被逼自杀的寡妇,前者乃是买来的,后者则宁死不从,肯定都没有自由,更不会自愿。那么,世上究竟有没有自由自愿让"梨花"来压的"海棠"呢?

这里可以说到"涪州周老"了:

余德水编《熙朝新语》刊行于清嘉庆二十三年(1818年),卷十记"涪州周大司马煌"自述其祖父之事。此老九十九岁尚未娶妻,但身体健旺,仍能上山打柴,有天意外从山中得到不少金银,便告诉一位姓吴的穷朋友,说想结婚成家,"愿以万金为聘,但非处子不可"。九十九岁还要娶处女,吴某将这当成笑话讲给自己家人听,不料十九岁的女儿听到了以后,当即跪下请求双亲将自己嫁去,说:"父母贫且老,生女不生男何恃?今周叟高年骤获多金,天将福之,未必遽终于此;女愿嫁之,父母得万金之聘,可以娱老矣。"于是这对年龄相差八十岁的男女,便成了明媒正娶的合法夫妻,"后年馀,生一子,时叟年百岁矣,及见其子游庠食饩,抱孙后乃卒,寿一百四十岁。女先一岁卒,年五十九"。

人能不能活到一百四十岁,百岁老翁能不能娶妻生子,没查吉尼斯世界纪录,不好确说。大司马即兵部尚书,等于今之国防部部长,讲自己的祖父,大概不会说谎。这位十九岁的姑娘，嫁给九十九岁的丈夫，自己活到五十九岁还死在丈夫前头，并不曾当寡妇，看来她当初下的决心并没有错，自己下跪求嫁，"自愿"亦无问题。这对梨花与海棠，一个愿打，一个愿挨，结局又如此美满，儿子游庠食饩（成秀才后又成了廪生），孙子做到兵部尚书，三代都得了一品封赠，旁人还有什么说三道四的余地。

我想说的只有一点，即吴氏之"自愿"是愿在"得万金之聘"，使贫穷的父母"可以娱老"，自愿虽是自愿，自由却在家庭沦于绝对贫困时便已经失掉了。据说也有不是为了谋财而是为了慕名的，柳如是、顾横波"愿为夫子妾"，也不曾计较钱牧斋、龚芝麓的年龄。但仍想斗胆再问一句，难道在自愿给"一树梨花"压过之后，这些秦淮河畔的"海棠"就得到了自由，终于能够逃脱残花败柳的命运吗？

周绍良与聂绀弩诗

最近以来，聂绀弩的名字又频繁出现于媒体，这是使人高兴又使人难过的事。我暂时不想多参加关于"卧底""告密"等事的讨论，它却使我想起了已故周绍良先生的两首诗。这是聂绀弩出狱后不久，将自己在北大荒所作诗辑成《北荒草》，油印装订成册寄给周绍良，周读过之后写了回赠给聂的，从未公开发表过。我偶然得见，刻骨铭心，现在将其介绍给广大读者，想必不会没有解人吧。第一首云：

北荒往事已风流　革命如今岂到头
十载幽囚天作孽　百端磨折命为仇

撑肠剩有诗千首　把臂犹存貉一丘
何罪遣君居此地　天高无处问来由

第二首是"集唐",从第一句到第八句,分别集杜甫、李白、李颀、司空图、戴叔伦、朱湾、白居易、刘长卿,一人一句:

数篇今见古人诗　异代风流各一时
佳句相思能间作　争名岂在更搜奇
落花飞絮成春梦　细雨和烟着柳枝
举目争能不惆怅　悬河高论有谁持

"集唐"即集唐人句成诗,这种体裁,现在的年轻朋友恐怕不太熟悉了。但只要想一想,在"革命如今岂到头"的时候,作为佛教居士、不左不右的周先生,能给"十载幽囚"归来的聂绀弩写诗相赠,不怕被视为"一丘之貉"也要和他"把臂",岂不说明公道自在人心,大多数中国读书识字之人,心底里头还是分得清是非善恶的吗?讲老实话,对此我一直还是有信心的,虽然"告密"也被告过不知多少次,直到不太久以前。

周绍良出身的"东至周家",在中国近现代史上地位重要。其重要前期在政治、经济方面（周氏曾祖在清朝为总督，祖父是北洋政府总长、实业巨头），后期则在社会、文化方面（伯父为全国政协副主席，父亲为全国佛教协会副会长，堂兄一良、煦良均学者名家）。由于出身和社会关系的原因，绍良先生没有条件"左"，也没有胆量"右"，所以我说他"不左不右"。这大概也就是他能比较远离政治旋涡，在"边缘"上潜心佛学，搞搞收藏，还能够跟聂绀弩这样的人交交朋友，也没谁来硬派他"卧底"的原因吧。

辛亥人物佚事

辛亥革命快百周年了,我今年才进八十,来讲辛亥人物的故事,岂不是"看见外公讨外婆"了么?——原来都是从父亲那里听来的。

父亲生于光绪四年(1878年)戊寅,辛亥年已三十三岁。他先应科举成为"佾生",后进时务学堂并考取公费留学,此时已是省办法政学堂(分为"官校"和"绅校"二部,前者培训预备立宪的州县官员,后者考录想当议员的绅士)的教员了。从戊戌到辛亥十几年中,父亲因同学或同事的关系,先后认识了仇鳌、陈荆、陈家鼎等"革党"。尽管他生来胆小,并未与闻更不敢伙同他们"密谋大事",但因待人诚恳,办事认真,于是在"反正"以后,

"革党"（这时候称"民党"了）的朋友们，仍将他拉进民国省政府（时称政务厅），当了财政司（厅）制用科的科长。

父亲说：辛亥年八月十九（一九一一年十月十日）武昌起义，仇鳌他们湖南同盟会事先并不知情，是蒋翊武的"文学社"搞起来的。文学社办的《大江报》发了篇惊天动地的文章，大字标题："大乱者，救中国之妙药也！"宣言国内政治"事事皆现死机，处处皆成死境，膏肓之疾，已不可为……此时非有极大之震动，激烈之改革"不可，公开号召"男儿死耳，好自为之"。"为"什么呢？就是要掀起一场"大乱"，也就是造反。这篇文章迅速传遍了武汉三镇，也很快传到了湖南，成了引起十月十日冲天烈焰的火种。

在清朝湖广总督衙门口，能够办这样的报纸，发这样的文章，说明清政府宣布"预备立宪"，制定宪法大纲，还是给了人民一些言论自由和新闻自由。《大江报》的文章震动了两湖，震动了全国。过了七天，总督衙门才想出了个"淆乱政体，扰害治安"的罪名，封了报馆，抓了总编辑詹大悲。讯问詹时，问他："此稿从何而来？系何人所作？"詹答："此稿经我过目，不能问作稿之人，一切责任均归我负。"于是判处徒刑一年六个月，可缴罚金八百圆，交保释放。詹不肯认罚，宁愿坐牢。十月十日武昌起义，起义军十一日占了汉阳，十二日又在汉口成立了"军政分府"，牢板子还没坐热的詹大悲出牢当上了军政分府都督。那位詹大悲挺身力保的"作稿之人"黄侃（也是文学社员），却平安无事，从从容容搭船出国，到日本跟章太炎学《说文》去了。回国后他先后任武昌高师、北京大学、中央大学教授，成了极有成就的语言文字学家。

父亲又告诉我：黄兴原名黄廑午，在明德学堂教体育时住在紫东园，和湘乡人陈荆、陈家鼎都是朋友。禹之谟也是湘乡人，在办"唯一学堂"（后来的广益中学），特别热心反清活动，在青年学生中很有号召力，却不幸被清政府逮捕杀害了。中华民国成立，黄兴和孙中山"功成不居"，让给了袁世凯。袁为了酬功，封黄兴为陆军上将，还给了个"督办粤汉铁路"的美差。黄兴乘"楚有"军舰回湘时，都督谭延闿组织盛大欢迎。在军舰停泊的小西门、黄兴进城的坡子街，扎起了金碧辉煌的大牌坊，并宣布将小西门改名"黄兴门"，坡子街改名"黄兴街"，用擘窠大字写在牌坊上。父亲时为政务厅司员，分当执事，躬逢其盛。

谁知这场盛事却被陈荆搅了局。他觉得民国政府对烈士禹之谟的表彰抚恤太不够，比起黄兴的无限风光来，禹之谟太被冷落了。于是他邀起几个同乡，在彩旗飘扬的坡子街上追祭禹之谟，挂起长长的白布挽联。据父亲说，挽联做得和写得都很精彩：

> 生死见交情，故人剩有陈荆在；
> 英雄论成败，举国争推上将功。

陈荆自呼其名，上将指的自然是黄兴。

陈荆仗势他是著名反清志士，又有同盟会（已改名国民党）总理孙文亲自签名发给的"元勋党员"证书，祭奠先烈更是理直气壮的事情，谭延闿也奈何他不得。只此一事，也可以看出"恢复中华，建立民国"之初，还确实有过那么一点自由民主的气氛。禹之谟也终于获得国葬岳麓山的待遇，不枉几年前付出的一颗头颅、满腔热血。

父亲听有的人说，陈荆如此做，也许是自己有怨气，对黄兴不满。他本是个傲岸不羁之人，从不肯居人下的。如此一闹，得罪的人更多，别人既不敢惹他，更不敢用他。他一气之下出家当了和尚，从此灰心世事，以酒消愁，不久就病死了。

父亲还讲了个黄兴回湘路过汉口时的故事，却是关于陈家鼎的弟弟陈家鼐的。陈家鼎是老同盟会员，当过湖南分会负责人，很会读书，本就考中了举人，留日又考取了早稻田大学，很得同志敬重。弟弟陈家鼐则年纪还轻，一无资历，二无能力，只有一脑壳癞子。民国成立后，他却打着哥哥的牌子，找着成了要人的宋教仁要官做。宋被他缠得没办法，只好要在上海办国民党机关报《民立报》的于右任给了他一个"特派记者"的名义。

黄兴南归，路过汉口。这是他首义成功的地方，袁世凯、黎元洪正着意笼络他，盛大欢迎自不必说。陈家鼐恰好在汉口，赶上了吹捧伟人同时也吹捧自己的大好机会，于是拿着陈家鼎和于右任的名片去行辕见了黄兴。湖北军政当局请黄兴参观市容，他要求同去，并且趁势挤上了黄兴的马车。当天晚上，上海报馆便收到了从汉口发来的署名"本报特派记者陈家鼐"的加急电讯：

> 民国伟人黄克强先生本日莅汉，黎副总统以下均至车站欢迎。礼毕，与本报特派记者陈家鼐同车，巡阅汉口全市，沿途士女商民欢庆者不下数十万人。

值班编辑拿了去请示社长于右任，问如何处理，于立即批示："重要新闻，全文照发。"只在"本报特派记者陈家鼐"下加上五个用括弧括起来的小字：

（看你的癞子）

几天以后，在北京当国会议员的陈家鼎，见到了于右任专门给他寄去的《民立报》，气得痛斥弟弟："不懂事的东西，真丢脸!"又不禁笑骂："这个于胡子呀，真坏!"